더 격렬하게
아무것도 하고 싶지 않다

더 격렬하게
아무것도 하고 싶지 않다

초판 1쇄 발행 | 2018년 12월 20일

지은이 | 김현태
펴낸이 | 김의수
펴낸곳 | 레몬북스(제396-2011-000158호)
전　화 | 070-8886-8767
팩　스 | (031) 955-1580
이메일 | kus7777@hanmail.net
주　소 | (10364) 경기도 고양시 일산동구 무궁화로 11 한라밀라트 B동 714호
디자인 | 페이퍼마임

ⓒ레몬북스
ISBN 979-11-85257-73-0 03810

이 도서의 국립중앙도서관 출판예정도서목록(CIP)은 서지정보유통지원시스템 홈페이지(http://seoji.nl.go.kr)와 국가자료공동목록시스템(http://www.nl.go.kr/kolisnet)에서 이용하실 수 있습니다.(CIP제어번호: CIP2018038829)

더 격렬하게
아무것도 하고 싶지 않다

김현태 지음

레몬북스
lemon books

사랑이 지나간 시간과
사랑이 찾아올 시간,
그 중간쯤에 나는 서 있다

지금은 아픔도 없고, 설렘도 없다

그래서 평화롭다
당분간은 더 격렬하게 아무것도 하고 싶지 않다

더 깊고 격한 사랑을 맞이하기 위해
지금은 쉬고 싶다 이 무료한 시간에
모든 걸 맡기고 싶다

프롤로그 5

1장_ 세상이 나를 지치게 할 때

2장_ 사랑이 나를 외롭게 할 때

1장_ 세상이 나를 지치게 할 때

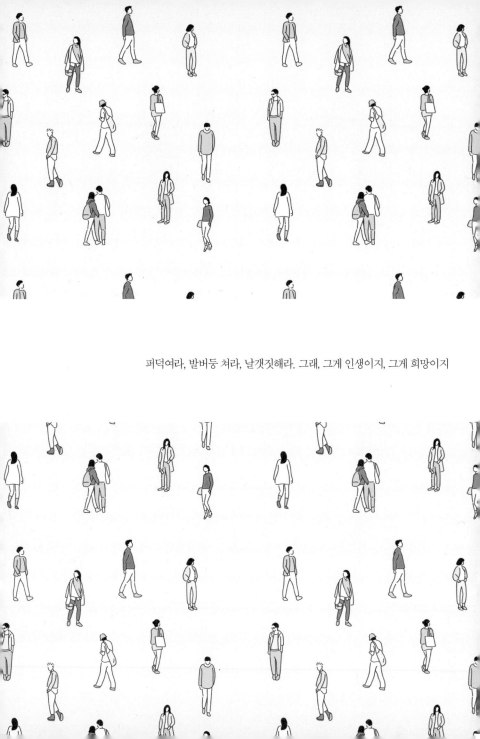

퍼덕여라, 발버둥 쳐라, 날갯짓해라. 그래, 그게 인생이지, 그게 희망이지

산사의
풍경에게

애쓰지 마라
굳이 잊으려고 흔들지 마라
어차피 상처란
바람에 감싸여 아물기 마련인 것을
더 이상 소리 내어 울지 마라
소쩍새도,
천 년의 서러움을 참다가
끝내 한 번의 울음을 토해내거늘
그립다고 그렇게
심장의 끝자락에 눈물을 매달지 마라
겨울비는 소리도 없이 내린다
만남만으로도 아름답다면
이른 새벽에 핀 이슬처럼
안으로 안으로 삭이며 피어나라
흔들리는 것들은 소리마저 눈물겹다

개미의 몸집이
작은 이유

개미가 힘을 써봤자 얼마나,
그렇게 바삐 왔다 갔다 해봤자 얼마나
거창한 일을 할까, 하고
쉽게 생각할 일이 아니다

사실,
지구가 돌아갈 수 있었던 건
다 개미의 땀방울 때문이다

달님 지고 태양이 떠오르는 일,
낙엽이 뒹굴고 새싹이 돋는 일도
다 개미의 업무였던 것이다

세상 사람들 아무도 모르게,
은밀히 그 선행을 하기 위해서
개미의 몸집은,
그렇게 작아야만 했던 것이다

소라
껍질

파도를 품고 살아갑니다
때론 섬의 눈물도 담고 살아갑니다

그리우면 그래야지요
내 가슴 텅 비어도
사랑한다면,
나 아닌 다른 것들을 가슴에
담으며 살아야지요

그래야지요
다 꺼내줘야지요

삶은,
나 스스로 사는 게 아니라
남에 의해 살아가는 것이니까요

다시,
날개

아기 새 한 마리가,
퍼덕이며 허공에 발길질을 하는 거라
날고 싶어도
날개가 안 펴지는 거라
한 뼘만 올라가면
둥지인데
그렇다고 날개를 쉬이 접을 수는 없는 거라

집이란
떠나면 더 가고 싶은 법
그렇게 온종일 퍼덕이고, 떨어지고,
주저앉고, 퍼덕이고

그 발악을 지켜보니,
왠지 내 마음이 쓰린 거라
바람은 거세지고
어둠은 점점 다가오는데
발버둥 치는
저 어린 새가 안쓰러운 거라

곱게 집어서 둥지에다 올려줄까, 하다
그냥 뿌리치고 뒤돌아 왔던 거라

퍼덕여라, 발버둥 쳐라, 날갯짓해라

그래, 그게 인생이지, 그게 희망이지
그런 생각이
문득, 들었던 거라

귀뚜라미

가을이 오면
너만 슬픈 게 아니다

제발 조용히 좀 울어라

왜 이리
남의 마음까지 송곳으로 찌르느냐

네가 울지 않아도
이미 내 가슴속엔
수천 마리의 묘지가 있단다

제발 쉿

꿈꾸는
아이

날고 있다
분명, 저 아이
꿈속에서 새가 된 것이다

감은 눈을 더 깊게 찡그린다
어디쯤 날아가는 걸까,
가오리연처럼 전봇대에 걸린 걸까
아님, 고개 너머 바다 건너
엄마 사는 하늘나라로 놀러 간 걸까

아이가 뒤척거린다
머리를 긁어댄다
꽈당,
먹구름에 부딪힌 모양이다

금세, 언제 그랬느냐는 듯
아이가 환하게 웃는다
호호,
엄마가 쓰다듬어주시나 보다

보길도에게

잘 있거라 자갈들아
날 기억하라 갈매기야

사랑하는 이와 함께 오겠다는
약속
그 약속 잊지 마라

언젠가 해남 땅끝에서
까치발 딛고 손 흔드는
한 쌍 있거든

자갈들아, 갈매기야,
이놈, 이놈 왔구나 하며
서둘러 마중 나오거라
보길도야
내 지난 방황아

♡

그대는
아는가

우리가 살아가면서
사랑한다는 말보다 헤어지자는 말을
더 많이 내뱉는다는 사실을
그대는 아는가

우리가 살아가면서
행복하다는 말보다 죽겠다는 말을
더 많이 한다는 걸
그대는 아는가

우리가 살아가면서 사랑하는 시간보다
그리움의 시간이 더 많다는 걸
그대는 정녕, 아는가

소외된 것들을
위하여

모두 다 꽃만 기억할 뿐
그 꽃을 담고 있는 꽃병은 알아주지 않는다
모두 다 별만 올려볼 뿐
별과 별 사이의 어둠은 있는지도 모른다
모두 다 연극배우에게만 박수를 보낼 뿐
무대 위에 대못으로 박아 세운 소나무 소품에는
눈길조차 주지 않는다
모두 다 엘리베이터의 고마움만 알 뿐
계단의 우직함은 모른다
모두 다 흔들거리는 갈대를 사랑할 뿐
갈대밭에 사는 바람을 기억하지 않는다

모두 다 이루어진 사랑만 축하할 뿐
이루지 못한, 그리움만 간직한
애달픈 사랑은 까마득히 알지 못한다

사람과 사람은
만나야 한다

이제 만나야 합니다
더 이상 눈물겹지 않게
혼자일 필요는 없습니다

비가 오는 날에도
나비는 꽃을 향해 날아가고
안개 낀 새벽녘에도
자동차는 그리운 바다를 향해 질주합니다

아무리 다짐하고 또 다짐한다 해도
사람은 사람을 벗어나
살아갈 수 없는 법

만남, 그 자체가
두렵다는 건
어쩌면 더욱더 진실된 사람을 만나고픈
간절함인지도 모릅니다

겨울이 오기 전에,
인생이 다 가기 전에 우리는 만나야 합니다
그리운 것들은 비벼대며 살아야 하기에,
사람은 원래 그리운 것들이기에

이제 만나야 합니다
사람과 사람은 다시, 만나야 합니다

부디

절벽에 핀 소나무 한 그루,

그 소나무를 보며
누구나 이렇게 생각하겠지
행여, 추락이라도 할까 봐 악착같이
절벽을 붙잡고 있다고
하지만 그렇게 단순히 생각할 일만은 아니네

사실은
물구나무선 절벽이,
소나무의 새끼발가락 부여잡고
끝끝내 놓아주지 않는 거라네

소나무마저 떠나버리면
더 이상 새들이 찾아오지 않을까 봐,
그래서 결국 외톨이가 될까 봐,
절벽은 소나무를 보내주지 않았던 거라네

♡

바보꽃

부끄러운 줄 알면서
또 꽃망울 터뜨렸네

아무 때나
무턱대고 또 피고 말았네

계절도 모르고
아무 때나 피는 너,

바보 바보
꼭
못난 나와 닮았네

초승달
만들기

북한산 꼭대기에
보름달이 덩그러니 떴어요

너무나 눈이 부셔서
잠을 이룰 수 없었어요
그래서 긴 빨대로
달을 꾹 질러 쪽 빨아 먹었어요

그랬더니
보름달이 홀쭉해졌어요
초승달이 되었지요

달빛이 은은해서
그날 밤, 잠을 푹 잤어요

섬이
가라앉는 이유

오늘도 어김없이 낚시꾼들이
한 배 가득 내렸다
낚시찌를 바다에 드리우자마자
여기저기에서 월척이다, 월척이다
소리가 수평선까지 울려 퍼진다

노을이 짙게 내려앉을 즈음,
사람들은 물고기를 바구니에 가득 담고
싱글벙글 마지막 배로 위도를 빠져나간다

뭍으로 나가는 사람들을
바라보는 작은 별, 여기는 위도

사람들은 모를 거다
위도가 점점 가라앉고 있다는 사실을
여태껏 섬 밑에서 물고기들이
어깨동무한 채 위도를 떠받치고 있었다는 것을

사람들은 아무도 모를 거다
배가 실려 물고기들이 빠져나갈 때마다
섬은 조금씩 주저앉고 있다는 사실을

♥

들꽃의 노래

누구 하나 돌보지 않아도
나는 이렇게 또 피고 말았습니다.

세상을 살다 보면
어떤 날은 등에 진 슬픔이 넘쳐
허리가 꺾이고
급기야 바닥에 무릎을
도장 찍을 날도 있겠지요

그럴 땐 하염없이 우세요
당신이여, 슬픔이 다
슬픔 안에 묻히고 난 후
그때 당신 곁에 핀 낮은 저를 보세요

향기도 없고 생김새도 추한
저도 사는데
저도 살아보겠다고 이렇게 기를 쓰는데

다시 일어나세요
저를 밟고 다시 일어나세요

인연이라는 것에
대하여

누군가가 그랬습니다

인연이란
잠자리 날개가 바위에 스쳐,
그 바위가 눈꽃처럼 하이얀 가루가 될 즈음,
그때야 한 번 찾아오는 것이라고

그것이 인연이라고
누군가가 그랬습니다

등나무 그늘에 누워
같은 하루를 바라보는 저 연인에게도
분명, 우리가 다 알지 못할
눈물겨운 기다림이 있었다는 사실을

그렇기에,
겨울꽃보다 더 아름답고,
사람 안에 또 한 사람을 잉태할 수 있게 함이

그것이 사람의 인연이라고
누군가가 그랬습니다

나무와 구름 사이
바다와 섬 사이
그리고
사람과 사람 사이에는
수천, 수만 번의 애달프고 쓰라린
잠자리 날갯짓이 숨 쉬고 있음을

누군가가 그랬습니다
인연은,
서리처럼 겨울 담장을 조용히 넘어오기에
한겨울에도
마음의 문을 활짝 열어놓아야 한다고

누군가가 그랬습니다
먹구름처럼 흔들거리더니
대뜸, 내 손목을 잡으며

함께 겨울나무가 되어줄 수 있느냐고,

눈 내리는 어느 겨울밤에,
눈 위에 무릎을 적시며
천 년에나 한 번 마주칠
인연인 것처럼
잠자리 날개처럼 부르르, 떨며
그 누군가가, 내게 그랬습니다

달맞이꽃에게

눈물짓지 마라
운다고 잊을 수는 없다
밤에 피었다 해가 뜨면
한순간에 시드는 것이 우리 인생살이다
너의 그리움을 알아주는 이가 없다고
어찌 꽃망울조차 터뜨리지 않을 수 있느냐
밤이 오면 어김없이
달빛은,
매일 정류장에 마중 나와 너를 기다린단다
피어나거라 비록 시들지라도
그 한순간을 위해 피어나거라
굳이 누군가의 사랑일 필요는 없다
다만 그리움으로도 충분하다

바다
풍경

등대가 어서 오라, 손짓한 걸까

배 한 척,
머리카락을 풀어 등대에 묶고 있네

아니네 그게 아니네

사람 그리워,
밤 내내 눈물짓던 등대지기가
배를 불렀네

오늘은 나랑 오붓하게 안자
소주에 회 한 접시 하자며,
배를 불렀네

그리운 것들은 가까이 있다

사람이 몹시 그리워
바닷가에 다녀왔지요
모래 한 줌
눈과 귀에 담아 돌아왔지요

잘 다녀왔느냐며,
금붕어가 끔벅 끔벅 윙크해댔지요
딱히, 줄 게 없어서 모래 한 줌 내주었지요
고마웠던지, 금붕어가
몸을 뒤척거려 파도를 일으켰지요

며칠 후,
또다시 사람이 그리웠지요
바닷가에나 나가볼까, 망설이는데
금붕어가 어항을 세차게 걷어찼지요
그 순간, 파도 소리가 들려왔지요
사람이 그리워도
이제 바다에 나가지 말라고,
내가 이제 너의 바다가 되어주겠노라고,
금붕어가 파도를 내게 선물했지요

사람의
욕심

하늘의 키를 재려고
오늘도 사람들은 앞다투어
구름에 사다리를 걸쳐놓는다

얼마나 더 높여야
그 마음을 채울 수 있을까

지나가던 꼬마,
까치발을 딛더니
이내 하늘을 끄집어내린다

금붕어,
너의 눈물에게

눈물짓지 마라,
얼마나 큰 상처 지녔길래
허구한 날, 눈물을 달고 사는 거냐
넌 울지 않았다고 말하지만
눈망울은 이미 젖어 있거늘

난 예전부터 다 알고 있었다
어항에 담긴 물 전부가
너의 눈물이라는 사실을

물을 갈아주지 않아도
어항 물이 깨끗했던 이유는,
바로 너의 눈물로
그 안의 물을 정화시킨 까닭임을

유독 어떤 날은 너의 눈물이
어항 밖으로 넘쳐 나올 때가 있지
그럴 때마다
나의 옷자락은 푸른곰팡이가 피어났고
서러워, 괜히 서러워 나도 울었다

그러나 이제는 눈물을 보이지 마라
아무리 힘들어도
눈물은 안으로 흘려야 하는 법

사시사철 젊은 날이 장마일 수는 없다
이제는 눈물 안에 너를 묻어라
눈물 안에 끝닿은 그리움을 묻어버려라
눈물이 다 마를 때까지

연분홍 꽃이 가지 끝에서
새색시처럼
보조개를 피웠다

수줍음, 그 자체다

손을 뻗으면
손수건으로 입을 가린 채
고개 돌려
살짝, 방귀를 뀌어대는 사과꽃

그대 생각만 하면
금세, 양 볼이 붉게 물들던
그 시절은 온데간데없고

다시,
그
리
워

술독에 빠진 채
붉게 핀,

내 얼굴꽃 향기
내 사과꽃 향기

겨울
낚시

물고기는 하나 없고 빈 낚싯바늘만 출렁이는 겨울 강가에서 온
종일 사람들이 바위처럼 앉아 있다 무엇을 버리고 무엇을 건지
려는 걸까 풍경이 되어버린 겨울의 적막 사람들은 하나둘 자리
를 뜨고 그 자리에 달님이 대신 앉는다 가장자리에는 어느새
살얼음이 내려앉고 아직도 한 사내는 기다림을 접지 않는다 산
다는 게 기다림이라는 걸 아는 걸가 커피 한잔도 없고 올 사람
하나 없는데 꼼짝없이 강물에 비친 뒷산을 바라본다 달빛도 추
운지 서로들 뒤엉켜 묶음으로 기다림의 어깨를 비춘다

아기
별

별들도 사랑하나 보다

몸과 마음 다 바쳐
뜨겁게 사랑하나 보다

서로 사랑하지 않았다면

어찌 밤하늘에
저렇게도 많은
아기 별들이 있겠는가

나로부터
너에게

이 세상 사람 그 누구도
당신을 사랑하지 않는다고
문득, 느껴질 때 그처럼
사랑스러운 일이 또 어디 있겠는가

사랑받지 않는다면
그만큼 자기가 자기 자신을
사랑할 수 있는 양이 더 많아진다는 얘기다

당신은 당신의 발가락을 사랑하라
그리고 당신의 무릎을 사랑하라
그러면 어느새 가슴을 사랑하게 되고
콧구멍을 뚫고 눈썹까지 사랑하게 되리라

사랑은 전염된다는 사실

♡

그 누구도 당신을 사랑하지 않는다고 느껴질 때
당신은 세상 사람 모두를
다 사랑할 수 있다는 것이다
세상을 그대 사랑 안에 다 품을 수 있다는 얘기다

친구야,
나의 친구야

푸른 하늘이 다 타고
회색빛 재만 남은 가을의 끝물

우리는 지금 물놀이를 간다
한 손에는 이루지 못한 사랑을 들고
다른 한 손에는 쓰라린 가슴 한 귀퉁이,
소독할 만큼의 소주를 차고
우리는 지금 가평의 고즈넉한 냇가로 간다

가을과 겨울 사이,
목이 쉬어라 노래 한 곡 부르지 않았지만
어느새 코스모스는 피었고
바구니에 담을 열매 하나 없지만
찬 바람은 왈칵, 우리 가슴팍에 하염없이 부딪친다

우리가 너무 늦게 온 것일까
발목 하나쯤 냇가에 내던져도 좋으련만
성급히도 냇물은, 겨울을 불러들였다

너무 이르다 우리 가슴은 뜨겁건만
아직은 겨울아, 너무 이르다
친구야, 물장구를 쳐라
친구야, 목 터져라 노래하거라
한 걸음 늦었다고 인생까지 더디겠느냐

친구야,
한겨울에도 난로가 필요 없는,
우리에겐 이 순간이 가장 좋은 시절이다
오늘이 또 시작이다

친구야, 나의 친구야

어린 날의
동화

산타클로스를 보았다 한다
한 아이가 두 눈으로 분명 보았다 한다
혹시나 해서
자는 척하며 살짝 실눈을 뜨고 있었는데
순간 산타클로스가 양말에 무언가를 넣고
굴뚝으로 다시 올라갔다는 것이다

한사코 봤다는 것이다
믿지 못하겠으면
내년 크리스마스에도 산타클로스가
분명 올 테니
함께 훔쳐보자는 것이었다

세상엔 없다, 그런 사람 없다
다 거짓이다, 라고 말하려다가
형아는 그냥 웃고 만다
아빠와의 약속을 지키기 위해
형아는 그렇게 뒤돌아 섰던 것이다

형아는 그 약속을 지키기 위해서
어른이 되어 시인이 되었다
그리고 동생과 소주라도 기우릴라치면
형아는 아직도 아이 같은 말을 한다

산타클로스는 우리들의 마음속에서
지금도 양말을 뒤집고 계신다고

여러 겹의
눈물

까까머리 중학생 땐
왜 그리 달력 한 장 떼어내는 게
참 더디게 느껴졌던지

아마도 이런 까닭이었으리라
시장 뒤편 허름한 영화관,
그 이상야릇한 에로 영화가 보고파서
세월이라는 담장을 훌쩍 뛰어넘고 싶었던,

철부지는
온데간데없고
낡아빠진 흑백영화처럼
아름다웠던 시절이 택시 차창에 스며든다

한참을 달리고도 목적지를 말할 수
없는 나는,
너무 늦은 탓일까
턱 밑에 난 수염이 괜히 부담스럽다

우리들의 사랑이란 이렇게
총알택시처럼 빠르다는 사실을
알아갈 즈음,
내 눈물에도 여러 겹의 무늬가 있음을 깨달았다

규정할 수 없는 무형의 아픔 속에서
택시를 타고
바람결에 날리는 눈물은
지금 한때의 추억을 향해 돌진하고 있는 것이다

갈대밭에는
사랑이 있다

우연찮게
갈대밭을 지나갈 때가 있거든
반드시 갈대밭에 들어갈 일이다

처음엔
갈대가 흔들거리는 이유가
순전히 지나가는 바람 탓인 줄 알았다
그런데 그게 아니다

어느 날,
갈대와 키를 재려고
갈대밭에 들어간 적이 있었다

그날도 갈대가 흔들거렸다
하지만 귀를 쫑긋, 세워도
눈동자를 안경보다 더 크게 벌려도
바람 한 점도 불지 않았다

그런데 갈대는 흔들거렸다

왜 그럴까?
분명 바람이 없는데 왜 흔들거릴까?

자세히 보니
눈을 비비고 자세히 들여다보니
추운 겨울날,
한 쌍의 참새가 서로에게 온기를 주려고
몸을 비벼대고 있었던 것이다

키 작은
하늘

하늘아, 하늘아,
오늘 유독 가까이 내려왔구나
조심조심 까치발을 디뎌라
자칫하면 전봇대에 엉덩이 찔리겠구나

지상의 모든 아픔을
네가 다 흡수한 탓일까
삶이 무겁다는 건 그만큼
가슴에 눈물 웅덩이가 많다는 것이겠지

다 버려라 울고 싶거든
내 창가에 하염없이 쏟아부어라
굳이 눈꽃이 아니어도 좋다
쓸쓸히 추락하는 겨울비면 또 어떠랴

생명이 있는 것들은
언젠가는 뿌리 곁으로 스며들기 마련

너의 눈물이
하수구 지나 샛강을 거쳐
끝도 없는 바다에 닿아
결국, 다시 어느 봄날 아지랑이처럼
스르르 하늘로 올라갈 즈음,
분명, 우리에게도

돌고 돌아
먼 훗날, 지구의 어느 모퉁이에서
우리도 다시,
다시 입 맞출 그날 오겠지

마음의 열쇠

이젠 외롭지 않아야 한다
창문을 열어라
오지 않을 호출에 목숨 걸 필요는 없다
어쩜 세상은
기다림에 물든 너의 표정을
이미 까마득히 잊었는지도 모른다
비상을 꿈꾸는 오리처럼
비상구는 항상 너의 마음에 있다
창문을 열어라
마음의 열쇠를 마구 돌려라
운다고 누구 하나 알아주는 이 없다
외로움은 너로부터 시작되었을 뿐
외롭거든 더욱 당당해지자
아직도 살아 있노라고
아직도 보고 싶노라고
세상을 향해 주저 없이 호출을 하자
이젠 외롭지 않아야 한다

그대,
겨울 없는

누가 하늘 항아리를 뒤집어놓은 걸까
함박눈이 전봇대 무릎까지 잡아먹었다
자동차는 제자리에서 엉덩이를 깐 채
벌써 몇 시간째 붕붕붕, 방귀를 뀌어댄다
사람의 발자국은 서서히
지구 한 모퉁이의 추억으로 사라지고
거리에는 아이의 웃음소리만이 총총총 뛰어다닌다

오도카니 창가에 앉아
한가히 나는 감자를 까먹는다
살아왔던 날들이 팍팍했던 걸까
문득, 설탕이 그리워진다
난 창밖으로 감자를 길게 뻗어 설탕을 찍어 먹는다
겨울이 맛있다 세상이 달콤해진다

늘 그렇듯

삶이란
뒤집어지기 마련

어느새 달콤함은 쓸쓸함으로 치환되고
겨울밤은 우물처럼 깊어진다
나는 또 이 밤을 어찌해야 하는가
창밖에는 달님만 덩그러니 걸려 있다

섬은
모를 거야

섬은,
늘 저 혼자라고 생각하겠지
매일 밤 물고기들이
물살을 밀어내며 저를 지켜준다는 걸
섬 자신만은 까마득히 모르겠지

조금이라도 더 가까이서
보고파,
빛을 던지는 등대의 맑은 마음도
섬은, 모르겠지

어쩜 섬은,
오래된 친구가 필요할 거야
갈매기는 외로울 때만 섬을 찾아가니까

섬은,
자신이 발끝을 세웠기에
바다에 떠 있다고 생각하겠지
매일 밤 갈매기가
수평선 너머로 던진 돌멩이가 쌓이고, 쌓여
하나의 섬이 되었다는 걸
섬 자신만은 까마득히 모르겠지

꽃편지

샛강 옆에 핀 작은 민들레
누구 하나 몸을 낮춰 입 맞추려 하지 않습니다
하지만 괜찮습니다
바람이 팔베개를 하고 누워
잠깐 쉬고 갑니다
개미도 양 다리를 들고 미끄럼을 탑니다
구름도 비가 되어 등짝을 씻겨줍니다

기다림이 기다림으로 끝난다 해도
한 번쯤은 기다릴 필요가 있는가 봅니다
기다림은 꽃이 된다는 사실,
온 지천에 민들레투성입니다
또 한 송이 옆구리를 뚫고 피어납니다

하늘은
나의 바다

하늘은 파란데
오염 없이 파란데
구름만은 자동차 매연에 그을려
엉덩이가 까맣다

구름다리
하나
둘
셋

엄마 그리울 때 바라보는 가짜 바다
부딪칠 섬이 없어
심심하긴 해도

지금은,
하늘이 나의 바다

이런 친구 하나
있었으면

별도 달도 침대마저도 잠이 든 밤,
홀로 잠 못 이룰 때가 있다
그때는 아무라도 붙들고 싶어진다
사람이 아니어도 좋다
어항 속 금붕어면 어떤가,
구멍 뚫린 벽지를 갉아대는 바퀴벌레면 어떤가,
그렇지도 않다 그냥 벽이어도 상관없다
내가 던진 말을 받아줄
메아리라도 족할,

아무 스스럼없이 전화를 걸 수 있는 사람이
더도 말고 덜도 말고
나에게도 한 사람이 있었으면 좋겠다
신호음이 도착하자마자 기다렸다는 듯,
내 마음을 다 안다는 듯,
단번에 수화기를 거침없이 드는
그런 사람이 있었으면 좋겠다

-밤이 너무 깊었지? 미안…
굳이 이런 말을 건네지 않아도 될 만큼
편안한 사람이면 더욱 좋겠다
마주 앉아 커피를 마시는 듯
물리적 거리를 생략할 수 있는
그런 사람이라면 더욱더 좋겠다

오줌보가 꽉 차도 눈을 찔끔 감고
잠시 오줌을 유턴시킬 만큼
수화기를 놓고 싶지 않은 사람이라면
한없이 좋겠다

어느덧 두부 장수 종소리가
울려 퍼지는 어스름한 새벽녘까지도
서로 미안한 나머지
먼저 수화기를 내려놓을 수 없는,
그러다가 수화기를 베개 삼아 스르르,
서로 같은 꿈을 꿀 수 있는
그런 사람 하나쯤 있었으면 세상에 소원이 없겠다

상처

노을이
저렇게
새빨간 이유는

기러기 때문이다

뾰족한 부리 끝으로
노을의 심장을 쪼아대는 바람에
저렇게 하염없이

노을은,
새빨간 피를 바다에 흘리는 것이다

오늘의 눈물

울고 싶거든 울어라
흐르는 눈물 굳이 삼킬 필요 없다
사과도 서러우면 떨어지는 법
안개도 서운하면 낮게 수그리는 법
내일 또 그리워
울 망정
오늘은 오늘의 눈물을 흘려라
모든 눈물이 사랑이 될 순 없다
하지만
눈물이 없다면 사랑을 이룰 순 없는 법

울고 싶거든 울어라
너의 맘 곪아 터지지 않게
울고 싶거든 땅을 구르며 벽을 치며
우주 끝까지 절규하여라

지하철은
지하로 깊어간다

위를 올려 봐도 별은 보이지 않습니다
아래를 내려 봐도 개미는 보이지 않습니다
옆을 두리번거려도 나무가 보이지 않습니다

난, 이 지하에서
스스로 타인에게 하나의 벽이 됩니다
하늘을 가로막는
대지를 뒤덮는
그리고 열매를 갉아 먹는 비구름이 됩니다

난, 이 지하에서
모든 것이 멈춰버립니다
그리움도 사랑도 그리고
꿈도 감각도
너무나 나른하기만 한 온기에 휩싸여
아래로 고개 떨군 손잡이처럼
모든 것이, 화곡역 쪽으로

점점 지하철이 깊어가고
나 또한 내가 파놓은 늪 안으로의
안락함을 꿈꿉니다

바람을
맞아라

바람은 모든 것을 흔든다
구름도 흔들고
나뭇잎도 흔들고
빨랫줄에 걸린 아이의 똥 기저귀도 흔든다

하지만
흔들지 못하는 것이 딱, 하나
그건 바로
바람 자신이다

누군가를 사랑하려거든
바람을 일으키기 전에,
먼저 자신을 흔들 줄 알아야 한다

삼류 극장에

가다

내 사랑,
비 내리는 삼류 극장처럼 우울하다

스크린을 가리는 저 머리통
살짝 베어도
누구 하나 놀라지 않을 세상
그러기에,
자연스럽게 껌을 의자 밑에 붙인다
쥐가 배고플까 봐 과자도 쏟아버린다

도중에 필름이 끊겨도,

조용히 기다린다
곧
필름이 삐거덕거리며 돌아간다
세상도 돌아간다

상처의
색

그대 떠나고 가을이 왔다
나뭇잎은 서서히
연지 곤지 색동저고리로 갈아입고
하늘은 까치의 부리에 쪼여
파랗게 멍이 들고
강가에 내려앉은 달님은
물고기를 노랗게 물들인다

어깨가 좁은 사내 하나
가슴 한복판에 물감을 푼다
어떤 색일까 참 궁금하다

백수
일기

나는 또 종점까지 오고 말았습니다
다른 사람들은 도중에 내려
어디론가 바람처럼 하나둘 사라지고 맙니다

그 사람들은 참 멍청합니다
한 정거장을 가나, 두 정거장을 가나,
종점까지 오나
어차피 버스 요금은 똑같은데
그 사람들은 왜, 내렸을까요

햇살이 내려앉은 버스 창가에 기대어
나는 잠깐 잠이 들었습니다

종점에 갈 곳 잃은
똑똑한 나만 남았습니다

인어 공주를 믿으시나요

인어 공주를 보았지요
처음엔 고래의 꼬리인가 싶었는데
새벽달로 어둠을 걷어내니
분명, 사람 그대로의 인어 공주였지요

세상에 이런 일이,
말이라도 붙여볼 요량으로
안개를 밟으며 사뿐사뿐 다가갔지요
그런데 인어 공주는
그만,
나를 나무꾼으로 착각했던지
바닷속으로 향기를 숨기고 말았지요

기다렸지요
그 사람 향기가 퍽이나 그리워
갯바위에 앉아 한참 동안을 기다렸지요
날이 밝아왔지요 배가 고파왔지요

인어 공주도 바다 안이 답답했던지,
아니며 내 기다림을 눈치챘던지
한순간,
거친 호흡과 함께 바다 위로 솟구쳤지요

이번에 제대로 보고 말았지요
인어 공주는 양손 가득 미역을 쥐고 있었지요
순간,
나는 눈물이 핑, 돌았지요
나이 지긋한 해녀였던 것이었지요

인어 공주라 믿고 싶었지요
아니, 내가 본 것이 어쩜
동화 속에서만 보았던 인어 공주일지도
모른다는 생각을 했던 거였지요

마지막
얼굴

뒤돌아보지 말자

매화 진 자리엔
언젠가 라일락이 피어난다

쓸쓸해도 뒤돌아보지 말자

뒤를 향한 것들은
모두 쓸쓸하다

세상이 다 변해도
너만은 변치 마라

사랑아,
세상이 다 변해도 너만은 변치 마라

땅이 단풍에 물들고
하늘이 달빛에 그을려도
사랑아, 너만은 늙지 마라

애기똥풀 핀 들녘에서
너는 바람으로
나는 잎사귀로
다시 만난다 해도
첫눈에 알아볼 수 있게
사랑아, 너만은 멈추어라

우리가 죽어
한 줌의 흙으로 돌아간다 할지라도
작은 씨앗을 심을 테니
사랑아, 너만은 영원하라

호수도
흐른다

호수가 반짝이는 건
물고기가 몸을 뒤척거리기 때문이 아닙니다

호수도,
보여주고 싶었던 것입니다
강물처럼
바다처럼
호수 자신도 흐른다는 것을 보여주고
싶었던 것입니다
늘 멈춰 있어 썩어간다는 소리를
듣고 싶지 않았던 것입니다

그래서 호수는,
이른 아침마다 부랴부랴
물방울들의 머리채를 잡고,
거침없이 흔들어 깨웠던 것입니다

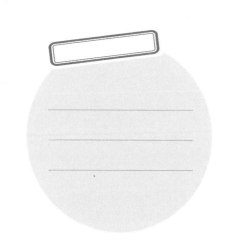

은행잎
하늘

———————————————— ✿

은행 한 알
까꿍,
떨어집니다

깜짝 놀란
바둑이
하늘 올려다봅니다

가을바람을 가르며
수많은 노랑나비
자유롭게 날갯짓해댑니다

♥

동화 같은
이야기

탄광이 사라진다는 소식을 듣고
지구는,
발을 동동 굴러댔지요

왜 그리 호들갑이냐고
지나가는 바람은 지구에게 물었다지요

난 어떡해,
탄광이 사라지면 나는 어떡해
지구는 훌쩍거릴 뿐 아무 말이 없었지요

바람은 이해할 수 없었다지요
여태, 광부들이 지구의 살점을
야금야금 빼앗아 갔건만
뭐가 그리 슬픈지,
오히려 지구에는 잘된 일이 아닌가,
생각했지요

하지만 지구는 그게 아니었던 거죠
광부의 고갱이가
그렇게 고마울 수가 없었던 거였죠
여태, 광부들은 금을 캔 것이 아니라
지구의 귓밥을 파냈던 것이었죠

그래서 지구는 걱정이지요
지구는 발을 동동 굴러댔지요

탄광이 사라지고 나면
결국 귀가 막힐 것이니까,
귀머거리 지구가 될 테니까요

나무의
자리

나무는 그 자리다
귀뚜라미 찌르르, 울어대는 깊은 밤이면
사람의 가슴이 그리워
어슬렁어슬렁 마을 아귀로 내려올 법도 한데
나무는 언제나 그 자리다
하늘 눈물이 하염없이 쏟아져도,
구름 끝에 고드름이 매달려도
나무는,
처마 밑으로 쉬이, 몸을 피하지 않는다

나무는 늘 그 자리다
뿌리가 뒤엉켜 걸을 수 없는 탓일까, 하여
조용히 다가가 물으니
나무는, 아무런 말이 없다

홀로 산길을 내려오는데
다람쥐 한 마리가 내 발목을 잡는다

왜 그 자리에 있는지,
왜 나무가 마음 송두리째 그곳에
뿌리내렸는지,
다람쥐가 내게 귀띔해주었다

나무, 자신은
그 자리에 있어야만 한다는 것이다
자리를 비운 사이에
행여, 그 사람이 왔다가
그냥 돌아갈지도 모른다고

첫 추락

낙엽이 그랬고
비가 그랬고
꽃이, 별똥별도 그랬다

떨어질 줄 뻔히 알면서도
모두들,
그렇게 한사코 허공을 붙들며
매달렸던 이유는
아직도 가슴에 남아 있는 작은 불씨 때문만은 아니다
다만 그들은 사뿐히 내려앉는 법을 몰랐을 뿐

내 눈물도 그랬던 것이다

혼자가 된다는 것이 두려워서가 아니라
마르지 않는 내 눈물을
어떻게, 어디로, 아름답게
추락시켜야 할지
다만 망설임이 길었을 뿐이었다

사이

섬과 섬 사이에는 눈물이 있고
꽃과 꽃 사이에는 나비가 있고
별과 별 사이에는 작은 어둠이 있습니다

가도 가도
끝을 가늠할 수 없는
수평선 너머 같은
그대

그대와 나 사이엔 그리움이 있습니다

겨울나무,
그 곁으로

한 걸음, 한 걸음 내딛다 보니
여기까지 왔습니다
어째서 질퍽한 이곳에 홀로 왔느냐고
굳이 묻지 마십시오
누군들 겨울에 태어나고 싶었겠습니까
이별을 고한 잎사귀도
차마, 미안했던지 바닥에 무릎을 꿇었습니다
그러나 가끔씩은
모든 걸 버리고 싶을 때가 있답니다
잎사귀 하나 달지 않았지만
당신, 그 뿌리는 어느 때보다 더욱 뜨겁다는 걸
나는 잘 압니다

겨울이 가고
다시, 겨울이 올 무렵
당신의 뒷모습에 내 눈빛 하나 매달며
함박눈처럼 소곤소곤 울부짖겠지요
나, 나, 당신에게
정말 무엇이었느냐고

나는 지금
격포로 간다

길은,
바다를 쉽게 보여주지 않았다
멀리서 짜디짠 냄새만이 희망을 자극할 뿐
절망 세포에 감염된 나에게
바다를 넙죽 내주지 않았다

안개 짙은 이정표에 징검다리를 찍고 간
새의 발자국 따라
나는 지금 격포로 간다

쌀 포대에 사정없이 쑤셔 넣고
쇠줄로 칭칭 묶어
인정사정없이 그를 트렁크에 가둔다
안녕, 섬처럼 멀어져갈 한 세기여!
나의 아픔이여!

길은,
한없이 산을 보여주고
한없이 구름만을 보여줄 뿐
여전히 바다를 보여주지 않는 이유를 말한다

희망은 느껴질 뿐 눈에 보이지 않는 법,
꿈은 이루는 것이 아니라 남겨두는 법, 이라고

… 사람들은 서둘러 동해 바다로 가고 있다
하지만 나는 지금 격포로 간다

나는 알고 있다 지구는 둥글다는 사실을
이 해가 져야만 천 년의 해가 다시, 떠오른다는 사실을
나는 알고 있는 것이다

그리움

이젠 가야지, 이젠 가야지

발걸음을 내딛어도

유독,

내 마음만은 발가락 반대편에 있습니다

혼자는 외롭고
둘은 그립다

언제부턴가 혼자라는 사실이
괜히 서글프게 느껴진다면
그건 때가 온 것이다
사랑을 할 때가 온 것이다

꽃이 꽃보다 더 아름답게 보이고
바다가 바다보다 더 외롭게 보이고
모든 사람이 아픈 그리움으로 보일 때
사랑은 밀물처럼
마음을 적시며 서서히 다가오는 것이다

사랑을 하려면
먼저, 자연을 향해 마음을 열어야 한다
물속에 핀 어린 나무의 그림자를 사랑해야 하고
하늘을 들었다, 놨다 하는 새들을 사랑해야 하고
파도를 일으키는 구름들을 사랑해야 한다
홀로 선 소나무는 외롭다
그러나 둘이 되면 그리운 법이다

이젠 두려워 마라
언젠가 찾아와줄지도 모르는
그런 사랑을 위해
마음을 조금씩 내어주면 되는 것이다

가을비가
오시는 이유

가을은,
인간이 너무 서운했던 것이다

꼬박 밤새껏 연분홍 물감 풀어
잎사귀 한 장 한 장 정성껏 물들였건만
누구 하나 제대로 봐주는 이,
없었던 것이다
그래서 가을은 꾀를 냈던 것이다

나무의 엉덩이를 찰싹, 때려
인간이 지나가는 길목에
잎사귀 한 잎씩, 한 잎씩 추락시켰던 것이다
그런데 누구 하나
어깨에 내려앉은 잎사귀를
또닥또닥, 해주지 않았던 것이다

떨어질수록 가을이 깊어간다는 걸,
사랑할수록 그리워진다는 걸,
아무도 알려고 하지 않았던 것이다

그렇게 가을은, 마냥 혼자 울었던 것이다
그래서
가을비가 하염없이 내렸던 것이다

첫눈

왜 오시나요
왜 그렇게 왈칵 오시나요

하루만,
더 하루만 더디게 오시지,
왜 그렇게 성큼 오시나요

아직도
같이 눈길 걸어갈 사람 없는데
아직도 내 가슴은 뜨거운데

왜 당신은
차마, 허공을 붙들지 않으셨나요

계화
이발소

백사장은 논이 되고
기러기는 허수아비가 되고
물고기는 사람이 되어버린 계화도

그곳 계화도에 가면,
공중전화 카드만 한 계화도에 가면
밤안개로 비누 거품을 만들어 등대의 턱수염을 깎아주고
소라 껍질에 가위를 갈아
파도의 머리카락을 잘라주는 이발소 하나가 있습니다

바닥에 떨어진 머리카락이
새가 되어 날아다니고
거울에 비친 까까머리 아이가
어엿한 가르마 어른이 되어가는 이발소 하나가 있습니다

바다가 육지가 되듯
한 시절의 그리움이
이발소 그림으로 멈춰버린,

계화 이발소에 가면
그대가 아직도 파도처럼 머리를 감고 있습니다

바다
서커스

섬과 섬 사이에 수평선이 매여 있네
노을이 불 밝히자
드디어, 입술이 바짝 마른
기러기 한 마리, 아슬아슬 수평선 위를
외발자전거로 걸어가네
이내, 뒤질세라
고래 자매도 온몸을 비틀며 공중회전을 하네

이야, 이야, 와!

라면 박스 깔고 앉은 물방울,
그 물방울들이
입을 떡, 벌린 채
일제히 일어나 파도 박수를 치네

가까이서
사랑하기

멀리 가지 마라
사랑은 가까운 곳에 있다

날개가 있다고 저 멀리 떠나간다면
이 세상에 남아 있을 사랑이 몇이나 되겠느냐
날개는 나는 게 아니라
접어야 할 때 접을 줄 알아야 하는 법

갈매기야, 너의 날개를 오므려라
무엇이 있겠느냐
노을 저 건너편에 그 무엇이 있겠느냐
아서라,
사랑은 언제나 가까운 곳에 있는 법

그렇다
섬은 너에게 다 주었다
삶의 무게가 너의 날개를 짓누를 때
섬은,
나무 의자와 낙엽 이불을 너에게 내밀었고

하늘에서 길을 잃고 추락할 때에도
섬은,
나뭇가지 흔들며 너에게 이정표가 되어주었다

그뿐이었더냐 갈매기야
알에서 깨어날 수 있도록
너를 따사롭게 품었던 것도 섬이었고
아장아장 걸으며 날개를 퍼덕일 때도 물론
혹여, 네가 넘어질세라
파도를 밀어내며 세상의 중심을 잡으며
안간힘을 쓴 것도 바로, 섬이었다

알겠느냐 갈매기야,
이렇듯 참사랑은
가까이 있기에 보이지 않는 법
갈매기야,
날개 달린 세상 사람들아,
이제 너의 날개 안을 보아라
사랑은 한결같이 늘 너의 안에 있음을

다시,
사랑은 온다

새로운 하루는
새로운 공기가 필요한 법
그대여, 이제 창문을 열어라
열매 없는 나뭇가지도 있고
날개 없는 새도 있으니
주저 말고 마음을 열어라
어제 그리워한 만큼 오늘을 사랑하고
어제 흘린 눈물만큼 오늘을 웃으면 그만이다
굳이 나뭇가지는 새를 기다리지 않는다
굳이 새는 나뭇가지에 내려앉지 않는다
기다리다 보면 언젠가는 만날 것을
그리워하다 보면 언젠가는 행복할 것을
그대여, 이제 슬퍼 마라
지구는 둥글다는 것
그렇게 걷다 보면 언젠가는 다시, 사랑한다는 것을
그대여, 오늘의 사랑을 맞이하라

나는
나무다

나무가 나무인 까닭은
나무가 끝끝내
잎사귀 한 장을 움켜쥐고 있기 때문이다
내가 사람인 까닭도 마찬가지다
내 가슴을 붙들고 있는 한 사람,
그 눈부신 한 사람을 위해
겨울 한복판에도
나무처럼 기다릴 수 있기 때문이다
한 사람을 사랑하기에

모든 걸 다 버려도 아깝지 않다
나는 전생에 매화나무였기 때문이다

사랑의
값

불량 식품도 제각기 그 값이 있습니다
하루 동안 사랑하고
다음 날 되면 서로 등 돌린다 할지라도
굳이 사랑했었느냐고, 따지듯
묻고 싶은 이유는,
아무리 값싼 사랑에도
그 나름대로의 값어치가 있기 때문입니다

그대여,
나는 그대에게 얼마치의 사랑입니까?

창문을 열면
바다가 보인다

누구나 바다와 통하는 창문을 갖고 싶을 게다
창문을 열어젖히면 바스락거리는 파도가 보이고
백사장에는 꽃게가 물을 나르고
달팽이가 모래성을 쌓고
소나무 그늘에는 갈매기가 던지고 간 똥 무더기에서
붉은 해당화 수줍게 핀 그런 바다를 갖고 싶을 게다

나도 사랑하는 사람을 갖고 싶은 게다
50원의 여분이 남은 공중전화 박스에서
망설이다가,
침만 삼킨 채 그냥 발길 돌리고 싶지 않은 게다
꽃 가게를 스치면서 그저 향기만
동냥하고 싶진 않은 게다
비스듬히 누워 있는 붕어빵을 만지작거리며
머리는 내가 먹고 꼬리는 그 누군가에게 건네고 싶은 게다
집 앞 전봇대 아래에서 가슴 떨리는
작별의 키스를 하고 싶은 게다

나도 창문을 열면 사랑하는 사람이 보이는 곳에서 살고 싶게
팔베개를 하고 누워 지나가는 구름도 보고
흔들리는 파도를 내 가슴에 담고 싶은 게다
한평생 소꿉놀이처럼
바닷가에서 살고 싶게
창문을 열면 바다가 보이는 그곳에서
사랑하는 사람과 영원토록 살고 싶은 게다

♥

아버지

갈매기는 모른다

거센 파도가 몰아쳐도
섬은,
얼굴 한번 찌푸리지 않고
늘 활짝 웃고 있기에,

갈매기는 섬의 고통을 모른다

섬은,
갈매기에게 차마 보이고 싶지 않은 것이다
바다 밑에서 바지춤을 움켜잡으며
처절하게 버티고 서 있는 모습을

섬은 그저,
너털웃음만 보이고 싶은 것이다

홍시의
고집

겨울이 다 지나도록
여태 저놈, 허공을 붙들고 있다

이제 그만 내려와도
되련만,
이 악물고 버티고 있다

내려와, 아랫목에 등 지져도
뭐라 할 사람 하나 없는데
무슨 생고집인지
나뭇가지의 목덜미 놓아주지 않는다

바람이 들이닥칠 때면
홍시는 손아귀 힘을 더욱 준다
그럴 때마다, 그래서 얼굴이 붉어진 것이다

홍시는 끝끝내 버티려 한다
봄이 올 때까지만

홍시는 아는 것이다
자신마저 훌훌 털고 쪼르르 내려온다면
홀로 긴 겨울을 버텨야 하는
나뭇가지의 아픔을
홍시는 조금은 아는 것이다

허수아비의
사랑

가을은 떠났고
사람도 떠났는데
너 여태 거기 서서
뭘 하느냐고 물으니 아무 말이 없네

마음까지 다 주고 텅 비었으면 됐지,
줄 것이 뭐가 더 있기에
그렇게 서 있느냐고, 따지듯
또다시 물으니
허수아비가 그제야 입을 여네

다 참새 때문이라고,
날개 다친 아기 참새가 분명 있을 거라고,
지나가다가
잠시 쉬어 갈지도 모른다고

혼자가 되어본 사람

사람들이 바다를 찾는 이유는
답답한 마음 꺼내려고 가는 게 아닙니다
진짜 이유는
둥그런 수평선 끝선에 앉아
꼬리를 흔들어대는
갈매기 한 마리 때문입니다
무리에서 동떨어진 그 갈매기 때문입니다

어차피 혼자라 말들 하지만
혼자가 되어본 사람은
그 갈매기의 심정을 알기 때문입니다
그래서
밤만 되면 사람들은 까치발을 딛고
갈매기를 향해 소리치는 것입니다

너는 혼자가 아니야,
내가 있으니 너는 혼자가 아니야,

그 목마른 눈물의 외침을

겨울
약수터

겨울도 목이 마른 걸까?

작은 옹달샘 안에
겨울 가족이 안방을 차지했네

개구리 꾸벅꾸벅
곰 꾸벅꾸벅
나도 꾸벅꾸벅

약수터에 발걸음 뜸하네

1004

난 안다
이 세상의 모든 아이들,
그 아이들이
왜, 한결같이
헐렁헐렁한 옷만 입어야 하는지를

아마도,
그랬을 것이다
그래야만, 했을 것이다

등 뒤에 달린 하얀 날개를
감쪽같이
숨겨야만 했을 테니까

번개맨

번개를 주머니에 넣고 다니는 사람이 있었다
그 사람과 악수를 하면 내 온몸에 전기가 온다
전기뱀장어는 자기 자신을 지키기 위해
어쩔 수 없이 전기를 일으키지만
그 사람은 그런 이유는 아닌 듯싶었다

탄생과 멸종 속에서
우리는 또 악수를 하고, 또 손을 흔든다
요즘 나는 전기 맛을 잊었다 문득,
그 사람이 보고 싶다
아직도 내 손끝에 사랑이 남아 있는지
그 사람을 만나 다시, 확인하고 싶다
그래서 이번만큼은 그의 삶에
아예 완전히 감전되고 싶다

행복한
착각

아까부터
달님이 나를 뒤따라온다

뛰어가면
뛰어오고

걸어가면
걸, 어, 온, 다

걷는 척하다가, 잽싸게 도망가볼까?
아니야 아니야
숨을 전봇대도 없는데 그가 얼마나 난처할까?

그냥, 모른 척 걸어가야지
뛰, 어, 가, 야, 지

사랑은 이처럼 뒤봉수가
뜨겁게 오는 걸까?
언제부터 나를 짝사랑한 걸까?

탄생

아가,
깨부수고 나와라

고통이 심하다 하여
도로 잠을 잘 수는 없지 않느냐

네가 세상을 향해
첫울음을 터뜨릴 때
다른 곳에서도 너의 반쪽이
널 그리며 첫울음을 터뜨린단다

아가,
깨부수고 나와 사랑하여라

밤 기차

견디지 못해
왈칵,
밤을 가르며 달려왔건만

너는
온데간데없고

딸랑,
새벽달만이
전주역 광장에 빈둥거리네

비가 온 다음 날,
참으로 달님이 낮게 내려왔지요

까치발을 디디면
금방이라도 손가락 끝에
그 휘영청 밝은 기운이 닿을 지경이건만

심술궂은 달님은
또 한 뼘 크기만큼
그렇게 올라가고 말았지요

더 큰 꿈을 품고 살라고,
꿈은 언제나 높은 곳에 있는 거라고
달님이 내게 일러주며
그렇게 달아났던 거지요

벙어리꽃

눈 내리는 길섶,
저 쓸쓸한 그리움 한 송이
춥지도 않나 외롭지도 않나
사람들은 서둘러
이불 속으로 들어가는데
누구를 기다리나
함박눈 머리에 이고
황소바람 가슴에 담고
며칠째 그 자리 서 있네

사랑은 말할 수 없는 아픔인가
그리우면 울지
사랑하면 붙잡지
왜 말도 없나
왜 꼼짝하지 않나

그리움은 혼자 해도
사랑은 혼자 할 수 없음을 모르나
달려가지 지금 당장 고백하지
마냥 바보 천생 바보
외사랑 저 벙어리꽃

마르고
닳도록

바다, 너는 참 바보다

아침부터 내내
가슴까지 차오른 물살을
끙끙대며 수평선 너머로 밀어내고 있지만
그것이 참 부질없는 일임을
너는 왜 여태 모르느냐

둥근 해가 수평선 밑으로
퐁당, 하고 떨어지는 밤이 오면
사라진 줄만 알았던 물살들이
하나둘 도둑처럼 수평선 담장을 뛰어넘어
다시, 너의 창가로 밀려옴을
바다야,
너는 왜 그걸 여태 몰랐단 말이냐

아서라,
갈매기 하나가 너에게서 멀어지기까지
얼마나 많은 눈물을 흘렸는지
너는 모른다
왜 바닷물이 짠지 너는 모른다

가슴 밖으로
사랑 하나 밀어낸다는 게
그리 쉬운 일인 줄 알았더냐

아서라 바다야,
멀었다 잊으려면
한때의 사랑이지만 그것이 진실이었다면
너의 눈물이
다 마르고 닳더라도

미련,
번지점프 못하다

마지막,
그 긴 한 걸음만 남았다
굳어버린 엄지발가락을
난간에서 떼어내기만 한다면
곧 자유가 된다
한 마리 거리낌 없는 새가 된다

그러나 오늘도 미련은,
꽤 오래도록
엉덩이를 눕혀놓고 이따금씩
한숨 몰아쉬며 구름 밑구멍만 쳐다본다

왜 버리지 못하는 걸까
깊은 곳까지 다 게워낼 용기조차 없단 말인가

미련은,
결국 고개를 내저으며
저 멀리 뒷걸음질 치고 만다

때마침
첫 비행을 하는지, 어린 새 한 마리가
날개도 펴지 않은 채
발목에 끈도 묶지 않은 채
거침없이, 망망대해로 떨어진다

다시,
사랑할 시간만이 남는다

산정호수에서

물속에서
사랑을 속삭이는지
물고기들이 통, 올라올 낌새가 없다

내 사랑은
탱탱 불어버린 떡밥 같고,
물 위에 뜬 달은 꾸벅꾸벅 졸고 있고
낚시찌는 밤하늘에 마지못해 둥둥 떠 있고

물속에서
나 아닌 것과 사랑하는지
그대는 내 그리움을 통, 물지 않는다

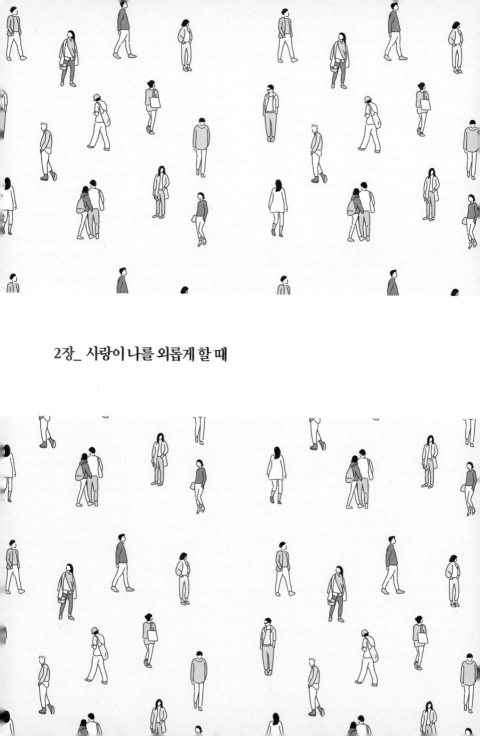

2장_ 사랑이 나를 외롭게 할 때

나로 하여금 사랑이 시작되게 하소서
아침에는 따뜻한 목장 우유처럼
낮에는 먹이를 나르는 어미 새처럼
저녁에는 달콤하고 아름다운 꿈처럼
내 삶의 작은 파편들이 세상을 아름답게 하소서

어디까지 가야
그대입니까

저 길모퉁이 돌아가면
행여, 그대 숨결 성큼 오시려나
가슴 언저리에 가슴을 묻고
발길을 재촉합니다

여기인가,
그대 사라진 끝이 여기인가 했더니
어느새 길은,
또 하나의 모퉁이를 잉태하고
지평선 너머로 줄행랑칩니다

길의 끝은 있기나 한가,
그대의 끝은 어디인가
언제나 그렇듯 모퉁이를 돌아서면
가장 먼저 맞닥뜨리는 건
몇 발자국 앞서간 내 그리움뿐

더디게, 참 더디게
견디며, 참 견디며
오늘토록 발이 부르텄건만
그대는 없고
바람에 기댄 민들레 한 송이만

그대여, 어디까지 가야 그대입니까

오늘도 못난 사내 하나
길모퉁이에서
오도카니 앉아 있습니다

세상에서
가장 긴 편지

한 줄만 써서 보냅니다

당
신
을
사
랑
합
니
다

다른 말을 덧붙이면
행여
내 사랑이 흐려질까, 그럽니다

아가페
사랑

그대가 늪에 빠져 허우적거릴 때
내 팔 하나쯤이야
나뭇가지인 양 슬그머니
그대에게 내밀리라

급기야 늪에
몸의 반이 잠겨
그대가 필사적으로 내 목을 감아도

나는 그대보다 더 깊게
더 깊게
늪의 맨 밑바닥으로 내려가

그대가 나를 밟고
다시 일어설 수 있게
아무 말도 없이 통나무가 되리라

한 사람을
만났습니다

화폭 속 어느 시골 마을 雪景처럼
고요함 깊은 한 사람을 만났습니다
가깝지도 않고 그렇다고 멀지도 않은
보도블록 세 칸의 거리를 두고 바둑이처럼 뒤따라오는
조심 깊은 한 사람을 만났습니다
어쩌다 눈동자가 마주치면 아랫입술에 낙엽 갖다 대며
붉은 보조개 꽃피우는 수줍음 깊은 한 사람을 만났습니다
팝콘을 사이에 두고 영화를 볼 때면
봉지 안에서 서로의 손이 겹치지 않게 하려고 무지 애를 쓰는
박하사탕보다 더 향기로운 한 사람을 만났습니다

한 사람을 만났습니다

익숙함보다는 친근함으로
함께함보다는 조금의 간격으로
일치함보다는 비스듬한 느낌으로
뜨거움보다는 오래도록 미지근함으로
사랑보다는 그리움으로 영원히 간직하고픈
한 사람을 만났습니다

지지리도 못난 내 청춘도
뜨겁고 설렐 수 있는
가슴이 있다는 걸 깨우치게 한
한 사람을 만났습니다

내 존재가 그 사람의 존재로 녹아 들어가
차라리 내가 그 사람이 되고
그 사람이 내가 되는
그리하여 결국 한 사람이 되었으면 하는
나만의 한 사람을 만났습니다

왜 그립지
않겠습니까

어찌 그럴 수 있겠습니까
낙엽 하나 뒤척거려도 내 가슴 흔들리는데
귓가에 바람 한 점 스쳐도
내 청춘 이리도 쓰리고 아린데

왜 눈물겹지 않겠습니까
사람과 사람은 만나야 한다기에
그저, 한번 훔쳐본 것뿐인데

하루에도 몇 번이고
메스꺼운 너울 같은 그리움

왜 보고 싶은 날이 없겠습니까
하루의 해를 전봇대에 걸쳐놓고
막차에 몸을 실을 때면
어김없이 창가에 그대가 안녕하는데
문이 열릴 때마다
내 마음의 편린들은 그 틈 사이에서
오도 가도 못하는데,

왜 서러운 날이 없겠습니까
그립다는 말,
사람이 그립다는 말,
그 말의 늪에서 허우적거리는
저 달빛은 오늘도 말이 없습니다

사랑한다면, 진정 사랑한다면
그저 멀리서 바라보며
두고 두고 오래도록 그리워해야 한다는 말,
어찌 말처럼 쉽겠습니까

해를 점점 달빛이 갉아 먹거늘
사랑은 짧고 기다림은 길어지거늘

왜 그립지 않겠습니까
왜 당신이 그립지 않겠습니까
비라도 오는 날이면 차마,
기댈 벽조차 그리웠습니다

눈물꽃

꽃이 피면
잎이 지고
잎이 나면
꽃이 떨어지고 마는,

그대가 나에게 보인 사랑
난 그것이
내 것인 줄 차마, 몰랐답니다

그대 떠난 뒤
열어 보인 늦은 내 사랑

우리 사랑,
이 땅에서 이룰 수 없는 사랑이어라

간이역
눈물

새벽 기차는 홀로 타지 마라
그리움이 달빛에 그을려
왈칵, 타버린 마음마저도
다 주고 싶더라도 이제, 홀로 타지 마라
혼자 떠나는 그 길은
언제나 서럽기 마련이다

나도 한때는 새벽 기차를 타보았다
붉게 달아오른 눈동자 달래며
내 청춘 모두 그에게 주려고
잠든 기차를 깨워 어둠 뚫고
홀로,
수십 개의 터널을 지나간 적이 있었다

새벽 기차는 여중생 초경처럼 달렸건만
그 사람은,
끝내 전주역에 나오지 않았다

그럴 줄 알았지만,
그럴 줄 알았지만
세상이 미웠고 내가 미웠다

그러나
마구 달리는 것만으로도 충분했다는 걸
되돌아오는 길에 깨달았다
쉬지 않고 지나치는 간이역이
수없이도 많다는 사실,
그 서러운 간이역들이 나를 위로해주었다

사랑을 하려거든

사랑을 하려거든 허수아비처럼 하라
추수가 끝난 늦가을에도
집에 가지 않고 고향 가는 기러기를 위해
이정표처럼 늘 한자리에 서 있지 않는가

사랑을 하려거든 구름처럼 하라
서로를 구속하지 않고
자유롭게 마음속을 오고 가며
때론 하나 되어 함께 눈물을 흘리지 않는가

사랑을 하려거든 목숨을 바쳐라
꽃 한 송이 피우기 위해
기꺼이 꽃씨를 입에 물고
거미줄에 달려든 나비도 있지 않은가

그대가 없으면
나도 없습니다

왜 그대인지
왜 그대여야만 하는지
이 세상 사람들이 허락하지 않는다 해도
그대여야만 하는 이유가 내겐 있습니다

한순간, 한 호흡 사이에도
언제나 그대가 있기 때문입니다

허공의 옆구리에 걸린
잎사귀 하나가
수백 번 몸 뒤척이는 그 순간에도,
아침 햇살의 이른 방문에
부산을 떨며 떠나는 하루살이의 뒷모습에도,
저미는 내 가슴을 뚫고 자라나는
선인장의 가시 끝자락에도
그대가 오도카니 자리 잡고 있기 때문입니다

거대한 운명 같은 그대여
죽어서도, 다시 살아도 지울 수
없는 사람아

그대가 없으면 나도 없습니다

그대는 왠지
느낌이 좋습니다

그대와 함께 있으면
어느새 나도 하나의 자연이 됩니다

주고받는 것 없이
다만 함께한다는 것만으로도
바람과 나무처럼
더 많은 것을 주고받음이 느껴집니다

그대와 함께 있으면
길섶의 감나무 이파리를 사랑하게 되고
보도블록 틈에서 피어난 제비꽃을 사랑하게 되고
허공에 징검다리를 찍고 간 새의 발자국을
사랑하게 됩니다
수묵화 여백처럼 헐렁한 바지에
늘 몇 방울의 눈물을 간직한,
주머니에 천 원 한 장 없어도 얼굴에 그늘 한 점 없는,
그대와 함께 있으면
어느새 나도 작은 것에 행복을 느낍니다

그대의 소망처럼 나도,
작은 풀꽃이 되어
이 세상의 한 모퉁이에 아름답게 피고 싶습니다
그대는 하나도 줄 것이 없다지만
나는 이미 그대에게
푸른 하늘을,
동트는 붉은 바다를 선물 받았습니다

그대가 좋습니다
그대는 왠지 느낌이 좋습니다
그대에게선 냄새가, 사람 냄새가 난답니다

우체국
가는 길

이른 아침에 우체국에 갑니다
출판사에서 받아 온 시집과
밤새 쓴 편지 한 장을
자전거에 싣고 우체국에 갑니다

아침 햇살이 신호등이 걸릴 때마다,
내 생이 브레이크를 질끈 잡을 때마다
행여, 자전거 뒤칸에 매단
누우런 봉투가 아파하지 않을까,
자꾸만 뒤를 돌아보게 됩니다

우체국은 항상 사람 향기가 납니다
그리움 향기가 가득합니다
아직도 이 세상에는 말 못할
그리움이 더 많은가 봅니다

내 이름보다도 그대 이름이
크게 적힌 봉투를 저울에 올려놓습니다
몇 그램이나 나갈까,

우체국 아가씨는
방황하는 저울 바늘의 끝을 바라봅니다
문득, 봉투의 무게가
내 사랑의 무게일지도 모른다는 생각에,
괜스레 두 볼이 바알갛게 달아오릅니다

며칠 후면,
지구의 한 모퉁이에 닿을
내 그리움의 편린들
악어 입 같은 우체통에 고이고이
묻어두고 자전거에 몸을 싣습니다

집으로 돌아오는 길,
겨울바람이 자전거 앞바퀴에 걸려
치즈처럼 얇게 잘리었는지,
바람 끝이 맵습니다
가슴팍이 왈칵, 시려옵니다

사랑은 언제나 가까운 곳에 있다

여태 살면서
누군가를 사랑했느냐고
바람이 당신에게 묻는다면
새벽 기차를 타고 주저 없이 떠나라

차창 밖으로 스쳐 지나간 허수아비를 사랑했고,
저만치서 따라오는 구름 향기를 사랑했고,
손톱 끝을 갉아 먹는 봉숭아 꽃물을 사랑했으며,
덜컹거리는 고래 안에서
이름 모를 소녀의 눈망울을 사랑했었노라고 말하여라

그러고도
다시 바람이
진정으로 누군가를 사랑했었느냐고
따지듯 또다시 묻는다면
그때는 주저 없이 당신의 무릎을 바쳐라
가장 낮은 곳에서 사랑할 수 있음을
한 사람만을 바라보고 살 수 있음을
그리하여 다 퍼주고,

다 바쳐도 아깝지 않음을 하염없이 고백하여라

그러고도
또 바람 같은 그 사람이
당신에게 누군가를
진정으로 사랑했었느냐고 다시금 묻는다면

그때는 뒤돌아보지 마라
이제는 먼 길을 떠나지 마라
늘 그렇듯
사랑은 언제나 가까이 있는 법

당신에게 사랑을 묻는 그 사람이
두 번 다시는 만나지 못할,
이 생에서 단 한 번뿐인 인연일지도 모른다
어쩌면 꼭 만나야 할 사랑인지도 모를 일이다

아름답게
이별하기

이제 묻지 않으리

나팔꽃은 이파리가 떨어진다 해서
어디서부터 바람이 불어왔는지 굳이 묻지 않는다
개미는 집이 무너졌다 해서
어디서부터 지진이 왔는지 굳이 묻지 않는다

이미 마음이 떠난 사람,
이미 눈이 돌아간 사람,

그 보이지 않는
아니, 너무나도 선명한 작은 틈을 굳이 묻지 않으리

틈새를 메우려 하면 할수록
사이가 더 벌어진다는 사실,
사랑에 이유가 없듯 때론
이별도 이렇게 어처구니없기에
굳이 묻지 않으리

그대 뒤돌아 가는 길,
그대의 뒷모습에 내 미련을 딸려 보내지 않으리

사랑보다 소중한 건
사랑하는 마음입니다

어제와 다름없이
그대를 저만치서 바라봅니다
늘 가까이 있지만
다가갈 수 없는 마음의 거리
그대에게 말 한번 건네지 못하고
머리를 긁적이며 또 주저앉고 마는,
그러다 무심결에 본 밤하늘
언제부턴가 나는 별을 사랑하게 되었습니다
별은,
젖은 내 마음이 안타까웠던지
몸을 비틀며 온기를 뿜어냅니다
가슴만 타오를 뿐 그리움은 마르지 않습니다

오늘과 다름없이 내일도
그대를 멀리서 바라보렵니다
빛을 뿜어내기에,
정작 자기 자신은 찬 별이 되어야 하는
저 별처럼 나 그대에게
따뜻한 그리움을, 깊고 진한 설렘을

어둠 상자에 포장하여드리리다
차마, 말 한번 건네지 못하고
혼자 견디는 나날이지만
그대 생각하면 금세 마음 붉게 물들어
온 세상, 따사로운 햇살로 가득합니다
당신을 사랑합니다
하지만 사랑보다 더 소중한 건 사랑하는
내 마음입니다

내일만큼 오늘도 최선을 다해
그대를 사랑하기에
차마, 사랑한다는 말을 보이지 못했습니다

겨울
편지

그대가 짠 스웨터
잘 입고 있답니다

입고 벗을 때마다
정전기가 어찌나 심하던지
머리털까지 주뼛주뼛 곤두서곤 합니다

그럴 때면, 행복합니다

해가 뜨고, 지는
매 순간순간마다
뜨거운 그대 사랑이
내 몸 안에 흐르고 있음이
몸소 느껴지기 때문입니다

보름달

그대 얼굴
점점 희미해지는데
그대 가슴
점점 식어가는데
그대 발길
점점 뜸해지는데

너는 여전히,
좋은 시절이구나

단풍나무 사랑

단풍나무처럼
나도,
뜨겁게 사랑하고 싶다

다 주고, 다 퍼줘도
더 줄 것이 있는 것처럼
마지막 그 순간까지 불사르며
활활, 그대에게 타오르고 싶다

설령, 사랑이 다해 이별이 다가온다 해도
이별 또한 뜨거워야 함을
알기에
나, 단풍나무처럼
오도카니 그대 뒷모습까지도 그리워하겠다

사랑한 시간보다
이별 또한 더 길고 더디게,
만들고 키우고 다듬어
봄을 기다리는 한 그루 단풍나무로
다시 서고 싶다

나, 그대니까요

그대 앞에만 서면
어느새, 나는
아기 바람에도 흔들거리는 작은 꽃잎이 됩니다

당당해지자고
다짐하고, 또 수백 번 입술을 깨물어도
언제 그랬느냐는 듯
그대 앞에선 막 깨어난 해당화처럼
내 청춘, 붉게 물들고 맙니다

늘 몇 칸의 보도블록 사이에 두고
그대의 속도에 맞춰 조심조심 내딛는 발걸음
그러다가도 행여
들킬세라 전봇대만 찾아 헤매는 못난 그림자

그대 그리며 돌아오는 길목에서
정처 없는 한 줌의 바람을 사랑하게 되었고
마음을 다 주고 텅 빈 채 살아가는
겨울나무를 사랑하게 되었으며
새가 떠나며 남기고 간 깃털에 입 맞추기 시작했습니다

그대여,
굳이 그대 마음 안에
머물지 못해도 상관없습니다
바다 위에서
그리고 밑에서
작은 물방울로 산산이 부서져도 괜찮습니다

만나야 할 사람은
언젠가는 만나기야 하기에

나, 그대니까 행복합니다

첫사랑

눈을 다 감고도
갈 수 있느냐고
비탈길이 나에게 물었다

나는 답했다

두 발 없어도
아니, 길이 없어도
나 그대에게 갈 수 있다고

천 년의
사랑 1

천 년 전이나
지금이나
변치 않는 것이 있다

우산을 받칠 때마다
무릎 밑이 다 젖는다는 사실

그대 사랑도
이처럼 어김없기를

♡

천 년의
사랑 2

※

───────────────────────

섣달 그믐달

지고

내 마음의 바다에

그대 얼굴이 또 떠올랐다

♥

그대
사랑

그대가 사준
새 구두,

걸을 때마다
뒤꿈치가 쓰리고 아리다

한 걸음, 한 걸음
내딛을 때마다

그대 사랑,
야금,
야금,
내 그리움을 갉아 먹는다

나 그대에게
모두 드리리 　　　　　　　　　　　　　　　　　　　✳

그대가 힘들고 지쳐 눈물을 흘릴 때
나는 주저 없이
배꼽에 열쇠를 꽂아 그대에게 달려가리라

그대가 다시 웃을 수만 있다면
언제라도
그대의 귓불에 풍경처럼
내 심장을 달고 오리라

가을 숲에 핀
당신

쓸쓸함을 옆구리에 끼고 가을 숲에 갑니다
당신과 더불어 뿌렸던 씨앗
설마, 설마 했는데
그 자리에
당신 닮은 어여쁜 꽃 한 송이
수줍게 피었습니다
세월이란 이렇게
모든 것을 아름답게 포장하는가 봅니다

꽃이 필 때까지
단 한 번도 오지 않았던 내가
이제 와서
그 꽃의 주인이라고 말할 순 없습니다
소나무, 수숫대, 그리고
강물 줄기가 그의 주인입니다
그의 친구입니다

그 꽃을 남기고 돌아오는 길,
바람결에
흔들리는 저 꽃이
마치 당신의 숨소리 같기에
자꾸만 자꾸만
쓸쓸하게 뒤돌아봅니다

스치듯,
안녕

가도 가도 끝이 없는 들판에서
나는 너를 만났다
들판은 지평선 너머로 안녕 하며 떠났고
이제 너는 나의 들판이 된다

난간에 걸린 하루의 해는
허수아비 겨드랑이 밑으로 숨어버리고
이제 너는 나의 달무리가 된다

얼마나 뻗어야 느낄 수 있을까,

너에게 묻지만
너는 뒷모습만 남긴 채
또 저만치 앞에 서 있다

어둠은 어느새
악어처럼 주둥이를 열고
들판을 꿀꺽, 삼킨다
악어 배 속에서 길 잃은 나는
들판에 버려진 허수아비에게 그립다는 게
무어냐고 묻는다

그때 마침
바람 한 점 스치듯 지나간다
내 머리 위로, 허수아비 모자 위로
그리움 한 점,
스치듯 안녕 하며 지나간다

사랑을
한다는 것

그대가 눈을 깜박거릴 때마다
별도 그대와 함께
눈을 깜박입니다

그대가 별을 올려다보면
별도 그대를 내려다보고

고개를 떨궈버리면
별도 턱 끝을 올려버립니다

사랑을 한다는 것은
늘 지켜봐준다는 것입니다
가까이 있지 않아도
마음속에서 끊임없이
찾아내고
가다듬고
한결같이 바라보는 것

그게 바로
사랑을 한다는 것입니다

그리우냐고 내게
묻는다면

꽃씨 하나가
제법 모양을 찾아갑니다
옆구리에 잎사귀 하나 달고
머리끝에는 앙증맞게 눈망울을 터뜨립니다

살아간다는 것이 이처럼
남몰래 가슴 내미는 일임을 알았는지
봉숭아꽃은,
모두 잠든 밤에만
까치발로 달님을 그리워합니다

당신은 떠나면서도
두고두고 당신만을 그리워해달라는 애원을
꽃씨로 말했습니다
꽃씨가 잎을 열고
망울망울 꽃망울 피워 나비를 불러댈 때까지
나는 당신의 뒷모습이 그리웠습니다

내일이면 새끼손톱에
봉숭아꽃잎을 묶으려 합니다
나비의 날개도 달빛의 그림자도
당신의 향기마저도 함께 칭칭 옭아매려 합니다
혹시, 봉숭아꽃이
내 손톱을 깨물며 아직도 그 사람이
그리우냐고 내게 묻는다면
나는 그저 눈을 감으렵니다

사랑은 그리움으로 물든 너 같은 상처라고
굳이 말하지 않으렵니다

귤
하나

흔하디흔한 것이
가끔은 금덩이보다 더 귀할 때가 있지

한여름 밤,
밥에 물 말아 먹은 뒤
문득 입가심으로 귤 하나가 생각났지

움푹 팬 곳을 엄지손가락으로 찔러
살며시, 살포시
옷자락 하나하나 벗기는 그 촉감
생각만 해도,
어깨가 들썩이며 입안에 저수지가 고이지

그런데
귤,
그 가당치도 않은 것이
때론
내 한여름 밤을 망쳐놓을 때가 있지

생각이 떠오르고 만 거지

귤처럼 시디신
그대,
그대 생각이 또, 찾아오고 만 거지

나는 사랑한다
이 세상에서 마지막으로 존재하는 것을 사랑한다
길모퉁이를 돌아서
두 눈을 부릅뜨고 달려드는 막차를 사랑하고
새벽이슬을 뒤섞어 마시는
맑디맑은 마지막 소주를 사랑하고
쓸쓸한 겨울 바닷가 모래사장에
누군가가 남기고 간 마지막 발자국을 사랑한다

나는 사랑한다
이 세상에 둘도 아닌 유일한 것만을 사랑한다
첫날밤을 훔쳐보듯
밤하늘에 구멍 낸 달님의 눈빛을 사랑하고
아버지와 쏙 닮은 올챙이 같은 내 배꼽을 사랑하고
밤새 긁적거린 시 한 편과 함께
나란히 누운 새벽녘의 쓸쓸함을 사랑한다

나는 사랑한다
이 세상 마지막이면서도 단 하나뿐이기에
감히, 거역할 수 없는
그리하여 언젠가는 꼭 만나야 할
그 사람을 나는 사랑한다
눈에서 가슴으로 스미는
눈물 같은
그 한 사람만을 노을빛처럼 사랑하련다

천 년의 기다림

부디
내가 죽어 누울 자리가
몸 뒤척일 틈조차 없는
그런,
옹색한 무덤이 아니었으면 좋겠다

그대에게 편지를 쓰다가
내 벅찬 그리움,
연필로는 도저히 감당할 수 없을 때
가끔은 밤하늘 보며 그대 이름 부를 수 있게
그러다가도 여전히 내 그리움 식지 않을 때
이리저리 몸 뒤척일 수 있도록
내 몸 크기만 한 공간이 더 있었으면 좋겠다

어둠 속에서
내 살점이 점점 수축하고
내 뼈들이 점점 퇴색할지라도
아침에는 이불을 개고 낮에는 양치질하고
저녁에는 기도를 하며

내가 죽었다는 사실조차 망각하며 살았으면 좋겠다

때때로
해님과 개미와 지렁이와
그리고 아카시아 넝쿨과 별님에게도
이참에 맘껏 귀 기울일 수 있었으면 좋겠다
그러다가 내 차례가 다가오면
그대 이름 은근슬쩍 그들에게 자랑했으면 더욱 좋겠다

언젠가
그대도 나와 같이
이 눅눅한 지하의 주인이 될 때
여태 부치지 못한 편지로 그대 베개를 만들고
뜨거운 가슴으로 불 밝히고
아직도 부끄러운 이 마음으로 그대 이불을 촘촘히 짜겠다
그리하여 그대와
함께 하지 못했던 순간보다
더 영원히 함께할 수 있다면,
내 옆 빈자리에 그대와 나란히 누울 수만 있다면
백 년을
아니, 천 년을 기다려도 한없이 한없이 좋겠다

그대 생각을 섬처럼 떼어놓았지만
어느새 섬은,
한 척의 배가 되어
내 마음의 앞바다까지 달려옵니다

잊으려고, 이젠 잊으려고
파도 꼭대기에 그대를 걸쳐놓았지만
그대,
흔들림에도 아랑곳하지 않고
밀물 되어 내 마음을 적십니다
폭포 밑으로 그대를 힘껏 던져버려도
그대,
금세 연어 떼처럼 눈물을 거슬러 오릅니다

내가 어리석었던가 봅니다
아무리 잊으려고 해도 잊히지 않는 것이 있다면
차라리 소중히 간직해야겠다는 걸
내 마음이 닳고 썩어 문드러진 후에야
조금, 깨달았습니다

반딧불이
사랑

별은
누군가가 하늘에 던져놓은
그리움 뭉치

하늘에 닿지 못한 그리움은
서러운 반딧불이가 되었네

눈을 깜박이며
떠도는 그리움아,

내 마음 너와 같아
손을 뻗으면
이내 스위치를 내렸다가
어느새 저 먼 곳에서 반짝이는구나

그대에게 닿지 못할지라도
나도 너와 같이
내 그리움 꺼내 보일 수만 있다면

그대는 사랑한다 말하지만
나는 말할 수 없는 그리움입니다

철제문이 쾅, 하고
닫히는 소리와 함께 또 이별입니다

돌아오는 길,
바람 끝이 맵습니다
하늘도 귓불이 시린지 붉게 물들었습니다
만남과 헤어짐의 끝은
결국 그리움이라는 걸 알기에

그대는 사랑한다고 말하지만
나는 말할 수 없는 그리움입니다

헤어짐의 순간에서
영원한 사랑으로

피차간에 더 이상 할 말이 없을 때
아니, 말을 할 필요가 없을 때
우리는 헤어짐의 순간이 다가옴을 직감한다
하지만 침착하자 뒤집어 생각하면
다시 한번 두 눈 감고 생각하면
어쩜 그 어색한 침묵은
서로의 믿음으로부터 시작되었는지도 모른다
할 말이 없다는 건,
말을 할 필요조차 없다는 건
그 사람을 또 한번 믿고 싶다는
제발 나를 믿어달라는 간절한 절규인지도 모른다

세찬 바람을 온몸으로 끌어안은
화살만이
과녁에 다다를 수 있듯
헤어짐의 고비 고비마다 그 어색한 침묵을
침묵으로 견뎌야 한다

함께하면서 말해왔던 나날보다
말없이 함께하는 이 순간만이
진정한 사랑을 말할 수 있고
영원한 사랑을 증거 할 수 있다

피차간에 더 이상 할 말이 없을 때
아니, 말을 할 필요조차 없을 때
우리는
어둠 속에서 유난히 빛을 뿜는 고양이 눈빛처럼
더 간절한 사랑을
다시 시작해야 함을 깨달아야 할 것이다

그대
지친 발걸음

나그네의 발길을 멈추게 하는 건
매서운 비바람이 아닙니다
뜨거운 태양이 아닙니다
바로 길섶에 핀
자그마한 제비난초 때문입니다
한 번만
단 한 번만이라도
자기를 봐달라고
흔들거리는
저 들꽃의 몸부림 때문입니다

그대여,
이 세상 여행하면서
물 한잔 간절히 그리우면
언제라도 제비난초 핀 들녘으로 오세요
그 자리엔
그대 지친 발걸음
잠시 씻을 수 있게

그대 향한 내 눈물이
샛강이 되어 여러 갈래로 흐를 테니까요

감쪽같이
내 깊은 곳에
작은 꽃씨 하나 던져놓고
그대는 멀어져갔습니다
처음엔 대수롭지 않게 생각했는데
해와 달이 뒤바뀜에 따라
어느새 그 꽃씨 톡, 볼가진 심줄처럼
이리저리 가지를 뻗치기 시작했습니다

아무리 몸을 뒤흔들어도
아무리 칼날을 휘둘러도
이젠 소용없는 거대한 숲이 되고야 말았습니다
가까이 있어야만이
함께 있어야만이
사랑이 이루어지는 줄 알았는데
그게 아닌가 봅니다

더 멀어질수록
더 보이지 않을수록
한없이 가깝게 느껴진다는 걸
그리하여 한 사람의 삶 전체를
송두리째 도둑질한다는 걸 이제야 알았습니다

꽃편지
한 통

한겨울에도
우체부 아저씨는
가파른 산등성이를 넘어가야 해요

코끝에 고드름이 열려도,
머리 위에 눈사람이 내려앉았아도
한쪽 어깨 치켜세우며
아무도 없는 산길을 홀로 걸어가야 해요

눈길에 미끄러져
애써 올라왔던 길이
다시, 첫 길이 되어도 포기할 순 없어요

저 우체부 아저씨는 알고 있는 걸요
이제나, 저제나
꽃편지를 기다리는
산골 소녀의
콩 볶는 듯한 가슴 뛰는 심정을요

별

당신은 눈만 깜박일 뿐

오늘도 내게 오지 않았습니다

기도

나로 하여금 사랑이 시작되게 하소서
아침에는 따뜻한 목장 우유처럼
낮에는 먹이를 나르는 어미 새처럼
저녁에는 달콤하고 아름다운 꿈처럼
내 삶의 작은 파편들이 세상을 아름답게 하소서
어디만큼 왔나, 지금은 어디인가
삶이 그대에게 많은 질문으로 다가올 때
나로 하여금 희망이 시작되게 하소서
추운 계절보다 먼저 도착한 편지처럼
그대 삶의 해법으로 거침없이 달려들게 하소서
그리하여 나의 그리움이
순식간에 무너지는 도미노처럼
그대 가슴에 만발하는 꽃으로 설레게 하소서

마음
도둑

차라리 훔쳐가려면
두 눈을 훔쳐가지
아예 처음부터 그댈 볼 수 없게
내 두 눈을 훔쳐가지
어찌 그대는 내 마음만을 훔치셨나요

아무리 채우려 해도
채워지지 않는 내 텅 빈 마음

그대여,
사무치게 그리운 그대여,

훔쳐간 마음 돌려줄 수 없거든
허물뿐인
내 청춘마저
송두리째 훔쳐가세요

그대 앞에
나

그대가 하나의 섬이라면

나는,

그 섬에 부딪치는 작은 물방울입니다

♡

파도

저 멀리

그 누군가가 나의 사랑

난폭하게 밀어붙이네

아,

다가오네 다가오네

나의 벅찬 사랑,

쉴 새 없이 다가오네

어둠보다
어두운 빛으로

달은,
스스로 빛을 내지 않는다
달은,
채워졌다가도 곧, 겸허한 마음으로
자신의 모든 것을
어둠에 묻듯 점점 여위어간다
내 사랑도 달과 같았으면 한다
내 안의 모든 욕심을 벗어 던지고
그대의 텅 빈 마음을
내 빛으로 채워주고 싶다
어둠 속에서도 우리 사랑이
길을 잃지 않도록
어둠보다
더 어두운 빛으로
그대에게 별길이 되고 싶다

수줍음

막상,

그대가 내 앞에 나타나면

끈 잘린

풍선처럼

나는,

아무 말도 못하고

우주 밖으로 날아갈지도 모릅니다

천왕봉에서

외쳤어

미치도록 너를 불렀어

내 사랑이 이렇게

드높고 간절하다는 걸

지리산 귓구멍이

터지도록

뜨겁게 부르고 싶었던 거였어

광어회를
먹으며

얇게 썰린 그리움의 편린

아, 이 맛! 두 눈이 절로 감긴다

내 사랑도 이처럼 그대 가슴속으로

살살 녹아 들어갔으면

사랑
게릴라

잊을 만하면
느닷없이 나타나는 그대
미워할 만하면
높은음자리표처럼 뜨겁게 사랑 주는 그대
사랑할 만하면
구름에 숨는 달처럼 사라지는 그대

없는 것도 아니요
있는 것도 아닌 그대

그대는 삐딱한 떠돌이
그대는 사랑 게릴라

기러기
발자국

기러기 한 마리
날개 접은 채
온종일 물 위를 걸어 다닙니다
해는 어김없이 밝아오고
바닷물은 썰물 되어
저 멀리
수평선 끝으로 줄행랑을 칩니다

속창아리를 다 드러낸
모래사장에는
발자국 하나가
괴발개발 적혀 있습니다
'사랑합니다'

아마, 그대 향한
아름다운 내 마음인가 봅니다

산정호수

누구도 깊이를 알 수 없네
양말을 벗은 사람에게는 발목까지만 차오르고
웃통을 벗은 사람에게는 가슴까지 차오른다네
그대가 그 누군가를 사랑한다면
모든 걸 버려야 하네
누군가의 깊이를 재기 위해선
그 깊이보다
더 깊게 사랑해야 한다네

사랑은 단지
사랑을 거부한다

그대가 자꾸 보챌 때마다 사실은
나도,
입이 닳도록
목이 터지도록
사랑한다고, 사랑해 미칠 것 같다고
외치고 싶었습니다
하지만
끝내 아무 말 없이
그대 눈망울만 바라본 까닭은,

그
높은 백두산을
자꾸, 자꾸 오르다 보면
나중엔
마을 뒷동산처럼 시시해진다는 걸
알기 때문입니다

♡

_____

_____

_____

_____

_____

_____

_____

_____

사랑을 다 주고
떠나는 사람은 없다

그대가 열심히 사랑한다 해도
진정,
사랑할 수 있는 사람은
두 팔로 다 껴안을 수 있을 만큼
단지 한두 명에 불과합니다

떠난 사람이 바로 그 한 사람일 수도 있습니다
떠난 사람을 증오한다는 것은
그대의 절반을 미워한다는 것입니다

그대에겐 아직도
너무 많은 미련이 남아 있습니다
사랑했던 시절보다 이별한 후엔
떠난 그댈 위해
천 배, 만 배 더 사랑해야 합니다

아무리
열심히 사랑한다 해도
끝내, 사랑을 다 주고 떠나는 사람은
아무도 없기 때문입니다

가끔씩 그대도
내가 그리운가요 _____

개나리로 접은 종이배 하나
겨울바다에 닿았습니다

섬 하나 없이
텅 빈 바다로 살아온 파도에게
그대,
그대는 이쁜 섬입니다

종이배도, 파도도 이제 외롭지 않습니다
사랑합니다

가끔씩 보고 싶어
무작정 흔들거릴 때
종이배 또한
그대를
몹시나 그리워했답니다

뜨거운
편지

그대에게 편지를 씁니다
어떻게 하면
어떻게 하면
그대 마음 얻을까, 고민하다가
연습장 한 권을 다 써버렸습니다
이렇게 침이 마르도록
고된 작업은 처음입니다
내 크나큰 사랑을 표현하기에는
글이란 것이 턱없이 못 미치는 것 같습니다
지금 부엌에서 보리차가 끓고 있습니다
보리차가 주전자 뚜껑을 들었다 놨다 합니다
문틈으로 들어온
보리차 냄새가 편지지 위에서
만년필을 흔들어댑니다
사랑합니다, 란 글자
결국 이 한 글자 쓰려고
보리차는 뜨거움을 참았나 봅니다

핏빛
사랑

내 사랑도
수평선 한편에 매달린
저 노을처럼 붉지만 타락하지 않고
뜨겁지만 순간적이지 않고
포근하지만
나약하지 않았으면 좋겠다

누구나
내 사랑을 보면
가는 길을 주워 담으며
넋 빠진 채 주저앉아
몇 날 며칠을 감탄하며 부러워하는
그러다 수평선 너머에
건빵 같은 일상을 걸어놓고
하룻밤 묵어 가고 싶어, 안달하는
그런,
핏빛 사랑을 하고 싶다

그리움은
사라지지 않는다

사랑한다 해서 그리움이
사라지는 건 아니다

사람에게는 제각기 그리움의 몫이 있다
평생을 그리워해도
다 채워지지 않을 만큼의 그리움이 있다
밤이면 한 몸이 된다는
자귀나무꽃조차 그리워 울고 있다
햇볕을 끌어안은
골짜기조차 서러워 울고 있다

그리움은 그리울 뿐
결코 사라지지 않는다

폭설

덮어진 세상
차 위에
건물 위에
하늘꽃 천사가 불시착합니다

그대에게 갈 수 있는 길조차
길을 잃고
하늘과 땅의 경계도 모호해집니다

추락하는 꽃들이 쌓이기까지
자그마한 고것들이
스크럼 짜고
차가운 맨땅에 먼저 누웠을 것을 생각하니
내 사랑 너무나 부끄럽기 짝이 없습니다

귀밑머리에 흰머리가
필 때쯤에야
내 사랑도 그대 가슴에 쌓여갈는지

그대 생각하며 바라본
덮어진 세상, 제법 늙었습니다

언제까지 그리워해야
그대가 나를 사랑합니까

멀리 있어도
내 그리움이 새벽 물벼락처럼
그대를 몰고 옵니다
밤에는 아름다운 꿈으로
아침에는 창문을 열고
가슴을 열고
돋아나는 햇살 같은
희망으로
그대를 몰고 옵니다

얼마만큼 걸어가야
그대에게 닿을지,

그대여,
언제까지 그리워해야
그대가 나를 사랑합니까

사랑을 위하여 그대를 기다렸다

밤새 만지작거리며 뒤척거리다
끝내, 여위어가는 그리움아

그대에게 묻고 싶다
그대도 나처럼
지상의 마지막 사랑을 위해
다른 인연을 포기해야 했는지,

내 심장을 얼음물에 씻어
그대 가슴에 심으리라

사랑한다는 말은 박제된 새가 되고
내 기다림은 가을 단풍처럼 늙었지만
아깝지 않다
서럽지 않다
이제라도 그대를 만났으니

아,
사랑을 위하여
여태 그대를 기다렸다

사랑의
징표

불 꺼진 창문 바라보며
꼬박 밤을 새웠습니다

눈곱을 떼어
그대 창가에 붙이고 갑니다

이 세상에서 당신을
사랑할 수 없다 해도 괜찮습니다
다른 세상에서
해골로 만나 사랑합시다
그때도 설령 당신을
사랑할 수 없어도 괜찮습니다
또 다른 세상에서
예수님과 부처님이 되어 다시 사랑합시다
그때 또다시
사랑할 수 없다면
당신과 나,
아닌 다른 것들을 위해 사랑합시다

사랑은
아직도 뜨겁다

폭설이 내린다
하염없이 그대 창가에 폭설이 내린다

보일러 고장 난 그대 마음

꼼짝 마라
내가 달려간다

내 뜨거운 심장을 그대 가슴에 심으리라

망해사

파도 발톱 밑에
당신을 매달아
수평선 끝자락에 날려 보냈건만

뭣도 모르는 갈매기,

당신 몸통
부리 끝에 매달아
또다시 내게 흘러오네

아, 망해사

당신을 지우러 갔건만
온통, 당신만 갖고 돌아오네

가을비

구름이 턱을 괸 채 낮게 내려앉았습니다
언제나 이처럼
구름은,
갑작스레 내 빈자리를 파고듭니다

비만 오면
가을비만 오면
뜬금없이 그대가 생각납니다
우산도 없이 뒤돌아선
그대가 생각납니다

양철 지붕
또닥또닥 두드리는
저 처량한 소리

내겐
감당할 수 없는 고문입니다

그냥
그대가 참 좋다

하늘 연못에 연꽃 하나 피었다
연꽃 위에 잠자리 하나 앉았다
잠자리 등에 또 아기 잠자기 잠잔다
한참을 바라보다 그냥 그대가 떠올랐다
지금은 없지만 그래도 함께 있다
좋다 참 좋다 그냥 그대가 참 좋다

그리워하면 언젠가 만나게 되는

그립고 그리워
견딜 수 없었기에
다가가 바라보았지만
당신은 아주 적당한 거리에서
눈빛만 던진 채

내 마음을 보이기에
너무 작은 목소리였던가
당신 가슴으로 가 닿은
내 꽃망울은 온데간데없이

바람 한 점으로 사라지고

한 사람을 사랑한다는 것이
이리도 가슴 저미는 아픔임을
알았을 때 나는 더욱더
늦가을의 고요를 사랑했네

더 깊고 높게 사랑하기 위해
밤별에 숱한 그리움 던지며
새벽녘 안개비에 내 눈물 감추며
더 쓸쓸하게 외로워했네

언젠가는 만나게 될 당신이여,

지구 한 모퉁이에서
아직도 눈물 닦지 못하고
단 한 사람만을 기다리는 이가 있으니
세상을 걷다가 당신의 신발이 다 닳고
헤질 때면 잠시 내 품에서 쉬어 갈 수 있도록

기도하네 간절히 두 손 모두 기도하네
그리워할 수 있게 허락한 당신
당신이 있어 내내 감사함을

그대에게
가는 행복

가슴에 흐르는 눈물에
흰 종이배 하나 올려놓아요
그대에게 가는 동안
거친 바위에 살갗이 찢기고
폭풍우에 길도 잃겠지요
그리하여 다시
첫길이 되어도 괜찮아요
설령 그댈 만날 수 없다 해도
사랑을 이룰 수 없다 해도
괜찮아요 난 괜찮아요
사랑이 전부는 아니니까요
그저 그대를 그리워하는
것만으로도 고마우니까요
가는 이 길이 마냥 행복하니까요

당신,
여기 계십니까

거기 계십니까
길모퉁이 돌아가면
당신, 거기 계십니까

여전히 서성이는
가련한 그리움

당신은 목련처럼
짧은 사랑만 남긴 채 사라졌지만
내 가슴은 이제야
꽃씨 하나 터뜨렸을 뿐

당신은 오늘도 여전히
수백, 수천 번 다녀가셨습니다

당신,
여기 계십니까

그대라는
세상

세상이 내게 무릎을 꿇으라 하면
나는 꼿꼿이 선 채 끝끝내 버티겠습니다
그러나 그대가 꽃을 받아주신다면
내 무릎을, 아니 내 심장까지 접겠습니다

세상이 내게 슬픔을 던진다면
나는 한 방울의 눈물도 보이지 않겠습니다
그러나 그대에게 작은 상처가 있다면
내 가슴 깊이 흐르는 눈물까지 꺼내
그대 대신 아파하겠습니다

세상이 내게 좌절을 강요한다면
나는 칠흑 같은 하늘에
다시금 희망의 불씨를 지피겠습니다
그러나 그대가 내게 이별을 고한다면
그늘과 그늘을 넘나들며
그대로 지리산의 골짜기가 되겠습니다

여우비로
오시고

잠시만요
그대 잠시만요
내 마음을 열어둘 테니
그대 조금 천천히 오세요

마음의 준비도 없이
들이닥친 그대 사랑

서툴러 부끄럽고
초라해 작아지는

몰라요
그대 몰라요
볕 좋은 어느 봄날,
그대 잠깐 여우비로 스쳐 가고
내 얼굴엔 수줍은 무지개 떴어요

버스 정류장, 그 기다림

바람이 출렁이는 버스 정류장에서
막차를 기다리는 동안
내 생에 가장 긴 기다림을 떠올립니다
서점 옆 전봇대 뒤에서
한 사람만을 그리워했던 애달픈 나날
말 한번 건네지 못하고
그저 스쳐 지나간 그 뒷모습에
내 청춘 산산이 무너져 내렸던
노란 배추꽃 같은 초라한 시간 앞에
기다림은 길어야 한다고
어디선가 들었던 그 말로 위안하며
기댄 채 그대로 전봇대가 되어버린
저 아득한 쓰라림
막차는 여태 오지 않고
가을 반달만 덩그러니 떠 있고
나는 고개를 돌려
또 찾아올 기다림을 미리 그리워하며
저 멀리 막차의 게으름을 바라본다

그리우면
만나겠지

어젯밤에는 달빛에
그 기운을 빼앗겼던지 시름시름
흐느끼는 그 제비붓꽃

아침이 밝아서야 제법 고개를 들었습니다
바람 한 점 없는데도
요즘은 견디기가 힘든 모양입니다
뭐가 그토록 그를 서럽게 한 걸까
괜히 내 마음이 더 눈물겹습니다

하루가 지나고
또 다른 어제가 다가오면
어김없이 이별은 찾아옵니다
옆구리에 있던 이파리 하나
겨드랑에서 간질이던 이파리 하나
또 하나 추락하고 마는
제비붓꽃은 아마도
멀어지는 것에 익숙하지 않은 탓일 겁니다
돌고 돌아, 다시 내 살과 뼈가 된다는

순환적 사랑을 제비붓꽃은,

모릅니다 모릅니다
어디에선가 살아가겠지요
살아 있다면 분명 다시 만나겠지요
그때까지만 내가 돌보리라
또 밤새 생각했습니다

심장 한 조각을 바늘에 매달아
그대라는 강에 던졌는데요,
가을 지나 겨울이 와도
그대는 눈길 한번 주지 않았는데요

서운해서 심장 반 조각을 매달아
그대라는 강에 다시 한번 던졌는데요
봄 지나 여름이 와도
그대 역시 손길 한번 주지 않았는데요

서러워서 이번에 나머지 심장을 몽땅
매달아 또 다시 한번 그대에게 던졌는데요
이번엔 그대가 내 심장을 꼭 물었는데요
이제 사랑해야지, 이제 이루어졌구나, 했는데
정녕 그대가 내게 왔을 때
난 그댈 느낄 수 없었는데요
내게 남은 심장은 하나도 없었는데요

너무 슬퍼 그대 잡고 울었는데요
왜 이제야 왔느냐고 흔들며 서럽게 울었는데요
심장은 없고 그대만 있는데요
사랑은 없고 또 그리움만 남았는데요

가을
산책

가을볕이 치맛자락을 올리며
따사롭게 유혹하거들랑
그대여, 자리를 박차고
이곳 덕수궁 담 밑으로 오라

한 걸음, 한 걸음
가을의 고요를 즈려밟고
발가락 사이로 코스모스 향기가 스며들고
어느새 하늘빛은 그대의 온몸을 다 적시리라

끝없이 맞닿은 길목에서
자동차는 한산하고
벤치에 누군가 놓고 간 시집이
그대를 문학소녀로 돌아가게 하리라

그래, 가을처럼 살자
조금은 느리고 조금은 낭만적으로
문득 떠오른 그 사랑한 나날이
새삼 미소로 번지고 세상이 아름답게 보일 때

혹여 아는가
그대의 첫사랑이
덕수궁을 지나 그댈 향해 오고 있는지

처음
마음

비가 와도 그대로야
눈이 와도 그대로야
그대만 있다면
나는 늘 같은 마음

사랑이 아니어도 좋아
그리움이면 어때
그대만 있다면
나는 늘 행복한 마음

처음 열어 보인 내 마음
아무도 몰라
이 세상 주인은 없어
오직 그대 것인걸

겨울 약속

첫눈이 오면 만나자고 했던가요
누구나 상처 하나쯤은 간직한다고
우리가 나눈 것은 차라리 사랑이라고
그대가 남기고 간 눈빛 하나에
나는·여태 오도 가도 못하고
겨울나무 곁에 서성입니다

함께 나눈 나날을 돌이켜 보면
눈물에 투영된 그대 모습이 전부이지만
그래도 자꾸만 그리워지는 것은
아마도 약속 때문이겠지요

첫눈이 오면 다시 만나자고 한
그대도 없이 하염없이 눈은 내리고
강가에 내려앉은 산 그림자마저
겨울잠을 자는데 그대는 오지도 않고
나는 또 한 그루 겨울나무가 되어갑니다

살아가는 이유

두 번 다시 사랑하지 않겠다고
섣불리 말하지 마라

밤이 되면 별님도 버스 정류장에
내려와 그리운 이를 기다리고
산사의 풍경도 사람이 그리워
밤새도록 소리 내어 몸부림친다

사랑은 다시 찾아오기 마련이다
아니다 두 번 다시는 아니다, 라고
고개 흔들지만 그건 상처를 지우기 위한
하나의 절차일 뿐

사람과 사람이 사랑한다는 건
우리가 살아가는 이유가 된다
그대가 살아 있다는 이유가 된다
다시 온 사랑, 이제 그대의 것이다

가을엽서

코스모스길 같이 걷자고 전화하고 싶었지만
차마, 연락할 수 없었습니다
그냥 이대로 그리워하다가 조금 지나면
괜찮아지니까요 나 홀로 낙엽처럼
뒹굴면 되지, 하다가도
귀뚜라미 우는 밤이 오면
또 그립고 그리워 손바닥만 한 엽서에
그대 안부를 묻습니다
잘 지내고 있는지요 저는 괜찮습니다
아무렇지도 않습니다 저는 정말 괜찮습니다
거짓말만 깨알처럼 적어놓고
괜히 서러워 눈물로 말갛게 지우고 맙니다
그대, 잘 있겠지요
잘 있다면 그것으로 충분합니다
그냥 그립다 말겠지요 그럴 겁니다
지금까지 잘 견뎌왔는데 괜찮겠지요
첫눈이 오는 날, 정말 눈물 흘리는 일 없겠지요

첫 키스

어느 겨울밤,
눈송이 하나가
혀끝에 내려앉았다

아, 간지러워

느끼려는 순간
곧장 녹아
사라지고 마는,

그 찰나의 절정

백일홍
편지

꽃씨를 담아둔 빛바랜 편지 봉투 하나,

이사를 하다가 서랍 틈에서 발견했습니다
한참을 바라보다가 주저앉고 말았습니다
요즘은 뜻하지도 않은 슬픔이 쉽게 찾아옵니다
가을바람 탓일까. 지난 것에 대한 그리움이 더 깊어집니다
많은 날을 살진 않았지만
그래도 사랑했던 시간을 뒤돌아보면
다시 또 그리워
앞으로 한 걸음 내딛기가 더욱더 힘이 듭니다

참 그리웠습니다 참 사랑했습니다
꽃씨는 그때 그 사랑처럼
아직도 대지에 흩뿌려지면 다시금 살아날 기세인데
그것을 바라보는 시선은 괜스레 서러워
다시 올 수 없는 사랑에.
애써 애잔함을 숨기며 그저 가슴만 쓸어내립니다

꽃씨가 방바닥에 주르르 흩어지고
한 사내는 한 알 한 알 가슴에 담아
뒤늦게 꽃을 피웁니다 그대를 되새깁니다

겨울, 연못가에서

덩그러니 앉아 그리움 하나
연못 건너편에 올려놓았습니다
꽁꽁 얼어붙어 아직은 밑바닥에
가 닿을 수 없지만 물고기는 알겠지요
어차피 그립다는 것은
보이지 않기에 더 뜨거운 것임을

견딜 수 있을 때까지
그렇게 그리워하다 보면
아지랑이 하늘로 퍼지는 날,
내 그리움 하나
한 번쯤은 그대 지느러미에
스치게 되겠지요
그렇게 소망대로 그대라는 삶 속에
하나의 소품으로 살아갈 수 있겠지요

비가(悲歌)

낮부터 내리기 시작한
비가,
하루를 꼬박 넘기고
아침이 되도록 세상을 적신다

밤새 흘려보내도
모자랄 만큼
당신은 깊은 사랑을 하였는가

또닥또닥
함석지붕을 두드릴 때마다
혹여 내 님 오시는 소리인가

코끼리 같은 엉덩이 하나
안절부절못하네

눈길을
걸으며

밖에 눈이 온다고
당장 전화하고 싶었지만
곤히 자는 그대 모습 떠올라
그냥 홀로 새벽길을 걷습니다

저 멀리서
성당의 종소리가 귓전에 머물고
어느새 따라왔는지
복실이는 꼬랑지에 눈꽃을 매답니다

한 걸음, 한 걸음
처음 밟는 이 순결한 치맛자락
너무나 곱디고와
절로 사랑스럽습니다

처음 그리워하고
처음 사랑하고
처음 영원을 약속한 그대

그대 잠에서 깰 때까지
부디 눈이 오기를
기도합니다 두 손 모읍니다

우산
하나

작은 우산 안에
두 사람

서로들
자신의 어깨를
우산 밖으로 내보낸다

두 어깨가
우산 밖으로
나왔다 들어갔다
하는 사이

옷은 다 젖었다
그래도 마음만은 뜨겁다
눈빛만은 맑다

꽃씨를
그대 가슴에

화장실 간 사이,
그대 커피잔에 작은 꽃씨 하나 넣었습니다
다행히 아무도 보는 이가 없었습니다
기다리는 동안 흐르는 음악에 맞춰
발가락을 꼼지락거립니다

다가옵니다 다가옵니다
한 발 한 발 곁으로 그대가 다가옵니다
오늘은 말해야지, 말해야지 하면서도
결국 사랑한다는 말을
입 밖으로 내뱉지 못한 나날들

그래도 행복합니다
그대의 커피잔에 담긴 꽃씨 때문입니다

그대 안에도
그리움이 자랄 테니까요 꽃 필 테니까요
내 사랑이 그대 마음 깊은 곳에
뿌리내릴 테니까요

속눈썹
우산

부슬부슬 비가 와서
우산이 필요한데
찾아도 찾아도 보이질 않고

우선 급한 대로
잠자는 그대 곁으로
다가가

쥐도 새도 모르게
긴 속눈썹 하나
똑, 잡아떼었네

속눈썹 쓰고 가니까
비 한 방울 맞지 않았네

가을 오후, 두 시

그대는 내 마음을
뺑소니치고 달아났습니다

보험도 들지 않은 내 청춘,
낙엽에 묻혀 서서히 식어갑니다
바람이 스칠 때마다
내 상처가 몹시 아파합니다.

지금은 정각 오후 두 시
목격자도 없고
가해자도 없고
피해자만 존재하는 이 가을의 오후

그대 없는 쓸쓸한 가을날,
내 가슴에
새빨간 단풍이 서서히 젖어옵니다

작은
사랑

모래로 밥을 짓고
자갈로 국 끓이고
설거지는 시냇물에 맡긴다

산 그림자가 드리우면
토끼풀로 만든 손목시계 바라보며
밥 짓는 연기가 나는 마을로 우린 향한다

코스모스 길 걸으며
나중에 커서 꼭 결혼하자며
우린 사랑 변치 말자며
내 손을 꼭 쥐던 그 아이

지금은 어디서 무얼 할까
아직도 누군가를 위해 밥을 지을까
토끼풀은 멈추고 말았을까

소주에 가슴까지 적신 날
문득 그리워
가슴 달에게 그 애 안부 묻는다

스쳐 간 사랑이
더 그립다

※

_____

매미가 몹시 울어대던 무덥던 그해 여름,
한 점의 바람이 내 귓불을 살포시 흔들며 지나갔다
그 후 내내, 가을 지나 겨울이 와도 그대가 오래도록 그리웠다

사랑한다
말해버렸네

고추잠자리 한 마리가
며칠째 계속
국화 옆을 서성거린다

앉을 듯하다
오르고
앉을 듯하다
다시 저만치 날아간다

달빛이 그윽할 즈음,
고추잠자리 또다시
국화 옆에서 꼬리를 흔들어댄다
그러고는 들릴 듯 말 듯
나지막한 목소리로

"국화야, 사랑해"

고추잠자리 고놈
차마 부끄러웠던지
꼬리가 붉어졌다

편지 한 장

잘못을 시인할 줄 알아야 한다
널 사랑한 건 분명 내 잘못이다
시인한다
그래서 나는 시인이 되었다

신발 도둑

갯벌에 놀러 갔었는데요

한 발 내딛으니
갯벌이 신발을 잡아먹었는데요
또 한 발 내딛으니
이번엔 무릎까지 잡아먹었는데요

그래, 누가 이기나 보자 하고
이리저리 돌아다녔는데요
그만 발가락 사이에 낙지 한 마리가 걸렸는데요

저 멀리 수평선에선
노을이 서서히 밀려왔는데요
어디선가 "막둥아, 밥 먹어라" 하고
엄마 목소리가 들렸는데요

집에 가려고 발을 뗐는데요
갯벌이 그만 내 신발을 끝끝내
놓아주지 않았는데요

그래, 너 신어라!

얼굴에 낙지 한 마리 붙이고
맨발로 그냥 집에 오고 말았는데요
그냥, 그냥요

그대 편지

잔물결이 유난히 펄럭이는
강가에 앉아 그대에게 편지를 띄웁니다
그대가 아니면 나도 없었던 그 간절한 시절은
어느덧 저 강물처럼 소리 없이 사라지고
가슴 한편에 핀 추억꽃 바라보며
나는 지나간 옛사랑을 노래합니다
그렇게 흘러가고 말 것을
왜 그리 부둥켜안으려고 했던가
사랑도 강물 앞엔 작은 물방울인 것을
몰랐던 그 철없는 시절이 내내 부끄럽다가도
다시금 나를 살게 했던 힘이기에
겹겹이 그대에게 고마워하다가
하루의 해는 강바닥 밑으로 저물고
아직도 정의할 수 없는
무형의 물결 같은 그리움들을
물고기가 잠들기 전에 그대에게 다시 띄웁니다
아닐 수 있지만, 아니어도 좋지만
그래도 사랑이란 이름과 함께 동봉합니다